A Mulher, o Homem e o Cão

NICODEMOS SENA

A MULHER, O HOMEM e o CÃO

LetraSelvagem

Direitos desta edição reservados à
Associação Cultural LetraSelvagem:
Praça Santa Cruz da Exaltação, 21 - Jd. Maria Augusta
12.080-540 – Taubaté-SP/Brasil.
Tel: (55) (12) 3635-3769
letraselvagem@letraselvagem.com.br
www.letraselvagem.com.br

Editoração Eletrônica: Cesar Neves Filho
Capa: James Valdana
Desenho de capa e miolo: Olga Savary
Revisão: do Autor

Prefácio: Christina Ramalho
Posfácio: Dirce Lorimier Fernandes

O logotipo LetraSelvagem *foi idealizado a partir de cerâmica Aruak, padrões utilizados nas bordas dos vasos, compilados por Koch-Grünberg em 1910.*

Dados Internacionais de Catalogação na Publicação (CIP)
(LetraSelvagem, Taubaté, SP, Brasil)

Sena, Nicodemos, 1958 -
A mulher, o homem e o cão / Nicodemos Sena —
Taubaté, SP: LetraSelvagem, 1ª ed., 2009.
152 p.
1000 exemplares

ISBN 978-85-61123-04-8

1. Literatura Brasileira - Romance
I . Título CDD - B869.93

coleção gente pobre
Vol. 2

Para
vovó Guida e sua história fabulosa

Também para
"Mãe" Yara Cecim
Alfredo Garcia
Waldomiro de Deus
Carlos Henrique Vicente e
Gengis Freire, amigos.

Prefácio

UM JOGO DE TRIÂNGULOS

Por Christina Ramalho*

José de Alencar, em *Iracema*, declarou-se "avesso aos prólogos", comparando-os aos pássaros que bicam as frutas antes que estas sejam colhidas. O ilustre Brás Cubas, em suas *Memórias póstumas*, foi ainda mais incisivo (além de irônico): afirmou que os melhores prólogos são aqueles que menos contêm ou, ainda, os que fazem uso do dizer "obscuro e truncado". Diante de argumentos de tal peso, parece-me imprudente fazer deste texto – que objetiva unicamente convidar e instigar leitores e leitoras a percorrerem os rumos mítico-simbólicos criados por Nicodemos Sena, em *A mulher, o homem e o cão* – um pássaro importuno ou uma longa e ensimesmada análise literária, na qual imanências do romance que a mim se revelaram pudessem, ao se tornarem explícitas, impedir leitores e leitoras de encontrarem, livres de condicionamentos, suas próprias revelações. Assim, muito aquém do estudo crítico denso que a obra merece, esta apresentação far-se-á apenas porta-voz de impressões de leitura que me parecem suaves o bastante para não comprometerem o posterior envolvimento de leitores e leitoras com o romance.

Penso no romance *A mulher, o homem e o cão* como um caleidoscópio, cujas imagens brotam da associação constante e mutável de pequenos triângulos simbólicos que encerram em si significados próprios logo transgredidos e transformados por outros, trazidos pelo movimento contínuo do brinquedo. Nos vértices desses triângulos, personagens. E a movimentar o caleidoscópio, o narrador, que, dialogando com um ouvinte próximo (um "senhor"), faz de nós, leitores e leitoras, receptores de segunda mão, destinados a confiar no testemunho do tal senhor que ouviu do narrador-homem, um dos personagens do romance, histórias fantásticas, com ele e com sua família ocorridas, que perpassam mitos regionais e bíblicos, indistintamente, numa confluência simultaneamente particular e universal.

O girar contínuo do caleidoscópio, sem pausas para capítulos, subtítulos ou quaisquer outros recursos que pudessem impedir o derramamento das imagens, integra homem/mulher/cão, pai/mãe/filho, filho/pássaro/cão, pássaro/cão/cobra, homem/mulher/pássaro, marido/esposa/homem desconhecido, mulher/homem desconhecido/rio, marido/esposa/homem-cachorro, homem/criatura/rio, homem/criatura/cão, entre outras triangulações possíveis, num ir-e-vir de situações fantásticas, sem explicação fora do mergulho no absurdo. Ou seja, a vida se faz na progressiva aceitação do sobrenatural, na conciliação do real e do imaginário como modo de se resgatar a carnadura metafórica do ser, que se metamorfoseia para conquistar a plenitude de estar, ao mesmo tempo, além de si e mergulhado em si mesmo.

Em determinados momentos, o narrador-personagem reproduz ao senhor ouvinte o que a esposa lhe contara sobre um diálogo que a mesma tivera com um homem desconhecido, criatura fantástica e camaleônica que gera os conflitos mais contundentes do romance. Observe-se aí um "telefone sem fio", mais um ludismo presente na narrativa, que, em vez de esclarecer, na ansiada perspectiva do logos, amplia a dimensão plurissignificativa dos eventos, deixando-nos, leitores e leitoras, ainda mais instigados a retirar da matéria narrada imanências que, a nosso olhar, se revelem. Daí a preocupação inicial de não extrapolar a barreira da surpresa contida em *A mulher, o homem e o cão.*

A primeira impressão, gerada pelo título e pelo movimento narrativo inicial, é a de ser *A mulher, o homem e o cão* um romance com número restrito de personagens. A transfiguração e a metamorfose, todavia, ampliam esse número, revelando um novo jogo, agora o de máscaras, em que facetas aparentemente incongruentes, como, por exemplo, cão fiel e cão infiel (é quase impossível resistir às revelações imprudentes), revelem-se passíveis de habitar o mesmo ser. Tal recurso convida à leitura psicanalítica, além da mítica e da crítica feminista, sugeridas desde o título. Já a constante tentativa de desvendamento dos mistérios, perceptível na fala do narrador-personagem, traz aderência filosófica ao discurso deste, redimensionando, mais uma vez, as possibilidades de fruição crítica do texto.

Entre heranças e intertextualidades, é fácil recordar, na figura do narrador, do famoso Riobaldo, cujo depoimento (também a um suposto ouvinte) sobre o vivido também teve expressivos mapeamentos míticos, além dos vínculos de ambas as narrativas com as representações regionais. Ou recordar Dom Casmurro, ensimesmado em detalhes que, supostamente, poderiam explicar o inexplicável. No plano das referências implícitas e explícitas, é natural relembrar *O paraíso perdido*, de Milton, ou os livros bíblicos *Gênesis* e *Apocalipse* de São João. Ou, ainda, reviver as narrativas revigoradas pela valiosa pesquisa de Câmara Cascudo, que, no romance, ganham vida nas imagens míticas que integram o repertório amazônico.

Entre os estranhamentos (forças que conduzem à busca pelo não-dito) causados pelo caleidoscópio, cujo turbilhão de cores e formas embriaga o olhar e obnubila a razão, está a permanente associação entre triângulos que, como espelhos, retratam a suposta imagem do real palpável, e outros, cuja feição fantástica remete ao sobrenatural, em que categorias como "tempo" e "espaço" perdem seu referencial de logicidade. É, contudo, necessário que o ser humano compreenda (ou seja motivado a compreender) que as categorias "tempo" e "espaço" não podem ser determinantes de todos os sentidos gerados na experiência humano-existencial. Embora, a partir de Kant, tenha-se reconhecido nessas categorias o que ele denominou "formas estéticas da sensibilidade", nada impede que as fronteiras temporais e espaciais sejam revistas e redimensionadas. Ao contrário, a arte há muito vem promovendo a desconstrução desses referentes. Um dos caminhos para isso, em relação ao mito, é a promoção de um contato direto do ser humano com as simbologias míticas, sem se fazer da explicação lógica a única mediadora possível. *A mulher, o homem e o cão* desperta nas leitoras e nos leitores a urgência do diálogo com a metáfora e suas estruturas de conotação, desconstruindo, no espaço plurissignificativo da selva, com destaque para o rio, os limites do tempo e do espaço. E esse diálogo se torna possível porque Nicodemos Sena, inteligentemente, fazendo uso de uma linguagem simples e comunicativa, não permitiu que a narrativa se tornasse hermética em demasia, dada sua dimensão metafórica.

Aclamado pela crítica por seus romances *A espera do nunca mais: uma saga amazônica* (1999) e *A noite é dos pássaros* (2003), em que a tônica regionalista se fez marcante e reveladora, Nicodemos Sena apresenta, desta vez, uma novidade: a floresta invade o mundo, desprendendo-se da fonte sem deixar de retornar a ela. No jogo simbólico das palavras, tal como o sertão se fez mundo através da inventividade de Guimarães Rosa, a floresta alcançou ser o que o autor afirma de sua própria criação: "A selva, onde vivem as personagens (e onde eu nasci), é, neste livro, apenas a metáfora de todas as solidões terrenas".

Ao final do romance, uma quadratura, que aqui, por razões óbvias, não discriminarei. O mais instigante movimento do caleidoscópio reside ali. Na conformidade da cena que enquadra o real, reinaugurando a selva, sempre haverá o insondável, o não definitivo, o vir a ser, que está em nós e além de nós. Basta ouvirmos as narrativas do mundo.

Deixo a floresta, mas ela está em mim.

Rio de Janeiro, 2009

---

*Christina Ramalho é doutora em semiologia pela Universidade Federal do Rio de Janeiro (UFRJ); autora, entre outros, de *Um espelho para Narciso – Reflexos de uma voz romântica* (1999), *Fênix e Harpia – Faces míticas da poesia e da poética de Ivan Junqueira* (2005) e *História da epopéia brasileira* (2007).

Ao peso do sono, o homem vem à tona.
Contudo mergulhamos se o peso de outro
sonho, bem maior, nos apanha

CARLOS NEJAR

A MULHER,
o HOMEM e o CÃO

AGORA, que me vê sozinho, devo parecer infeliz, mas nem sempre foi assim; tempo houve em que a mulher, eu e o menino – e também o cão, que apareceu depois – fomos felizes, até que uma coisa estranha aconteceu. Que coisa? O senhor quer saber? Eu lhe conto, pois não houve um só dia nesses anos todos em que não tenha contado essa história para mim mesmo, mil vezes; há coisas que ainda procuro entender.

Era bem cedo, a mata se espreguiçava com os primeiros alvores da manhã, e o sol – que, como o senhor sabe, tem uma língua esponjosa – já lambia coisas e pessoas, pessoas e coisas, pois aqui tudo dá no mesmo. Peguei as ferramentas e o farnel com alimentos e disse à mulher:

– Fica na cabana até que eu volte, e não desce para o rio.

Tive de repreender o cão, que se apresentava faceiro para acompanhar-me; de uns tempos para cá, deixava o animal com a mulher. Temia não apenas os rebojos, que subiam do fundo do rio e me faziam pensar em monstros aquáticos, mas já a própria fonte das águas, de onde brotam a vida e a morte, a saúde e a enfermidade.

– Não desce para o rio, não sabes nadar! – tornei a dizer, em vão, logo se verá, pois, a partir de certa manhã, alguma coisa se alterou no comportamento da mulher, deixando-me desconfiado – e não era para menos, pois, atraída sabe lá por quê, mal saí, ela desceu para o rio.

– Marido, tudo estava tão quieto – disse-me ela depois. – Diante das águas claras do rio me despi, em grande conflito, pois me lembrei das tuas palavras: "Não desce para o rio". O cão, que havia me seguido, acomodava-se com a cabeça sobre as patas, atento aos meus movimentos; fiquei constrangida, pois era como se estivesses ali, na vigilante figura do animal. Eu quis voltar para casa, mas acabei entrando no rio, e arrepiei-me toda quando a minha pele aquecida tocou a água fria; parecia que alguém além do cão me vigiava. Encobri a vergonha com as mãos e, em vez de sair para terra, agachei-me até que os seios roçaram a água. Por instantes, estive assim, paralisada, até que, mais tranqüila, com a nudez protegida, olhei para a outra margem e tive de novo a sensação de que alguém, sabe-se lá quem e de que ponto, me espionava. Tornei a lembrar das tuas palavras: "Fica na cabana até que eu volte". Tive medo. Sentindo-me leve, como que fora do mundo, o corpo dentro d'água, quis me levantar, mas não consegui, o medo se transformou em terror ao lembrar de que não sabia nadar. A minha cabeça rodopiou e os olhos giraram para um ponto do rio, onde então avistei, dentro da névoa que ainda pairava sobre as águas, a coisa mais esquisita do mundo. Eram uns olhinhos negros e brilhantes, visguentos e viperinos, primitivos e sagazes, que me espreitavam. Fiz o sinal da cruz e balbuciei um "ai Jesus!" e, sentindo que ia desmaiar, tive, nesse justo momento, a visão plena da coisa que se escondia na névoa. Era uma criatura vermelha, de pele escamosa, que tinha sete cabeças e dez chifres, e sobre as suas cabeças sete diademas.

– Salve, minha princesa e senhora! – disse a criatura à mulher, através de uma das cabeças.

Sua voz era doce e melodiosa, e pareceu-lhe bem familiar.

– Salve princesa vestida de sol, que traz a lua debaixo dos pés e uma coroa de doze estrelas sobre a cabeça – continuou a criatura, por meio de outra cabeça, que se ergueu mais que as outras sobre a linha d'água.

– Marido, queria que visses, quietude tão plena reinava, como se tudo em volta dormisse, e a claridade do dia adquiriu uma tonalidade mortiça, noturna, mas noite não era, e sim dia! Então olhei para mim. Conforme disse a criatura, princesa eu era, ou pelo menos parecia ser, isso podia ver. Não estava mais nua, vestimentas e jóias de princesa adornavam o meu corpo, sete divinas sentenças ao meu cinto prendiam-se. "Salve, minha deusa, pois divina podes vir a ser, só depende de ti", prosseguiu a criatura, movendo-se para perto de mim. Percebi o movimento, mas (incrível!) não temi. Mirei nos olhos de uma das sete cabeças da fera e foi como se através deles pudesse enxergar um mundo que jamais pude ver. "Creia-me, não sou tão feio como me pintam", continuou a criatura, como que adivinhando a minha inquietação. Pois tais seres, marido, não conseguem penetrar os pensamentos internos do coração, desde que estes pertencem somente a Deus, mas podem, por meio de sinais procedentes do ser humano, conjeturar mais astutamente que a mais sábia das criaturas sobre o que há ou acontecerá em nossa mente. "Como saber que falas a verdade?", indaguei. "A palavra é a verdade, não está escrito? Essa é a maior mentira do universo, pois a verdade não se revela em palavras", ele me respondeu. "Creio nas Sagradas Escrituras", retorqui. "A verdade, mulher, é inexprimível, mas há um lugar onde ela se mostra em plenitude", disse a criatura.

– Que lugar é esse?

– É o mundo submerso, onde a morte e as trevas são belas.

– Deus vive lá?

– Lá vive Deus, mas em todos os lugares também.

– Será isso possível?! Pois está escrito: "Deus é a luz e não há nele treva nenhuma".

– Lá, o bem e o mal não existem.

– Mas há um bem, que procede de Deus, e um mal, que parte do Diabo.

– Ora, princesa, como diz o ditado: é a intenção que faz a ação. O bem e o mal só existem de acordo com os benefícios ou prejuízos que trazem aos homens. O que é bom para um pode ser mau para outro. A natureza está além do bem e do mal, ignora essa concepção egoísta, um antolho que atravanca a mente dos homens e está na origem das diversas religiões. A crença de que existem, além da essência dos seres, dois fatores diametralmente opostos, é a principal causa dos desacertos terrestres, e torna-se um meio de tranqüilizar e de justificar todas as manifestações, o obstáculo fundamental à possibilidade que aparece em alguns de aperfeiçoarem sua parte essencial – disse a criatura.

– Se for assim, qualquer coisa pode ser justificada, até safadezas. Não compreendo tais assuntos, sei apenas que creio em Deus e no bem.

– Ó princesa, não te amofines com tais ninharias, também creio em Deus, tanto é que o renego; conduzir-te-ei ao mundo das bem-aventuranças – disse-me com voz ciciada a criatura. Sentindo-me amolecida, eu disse:

– Quero conhecer esse mundo.

– Vinde então, princesa minha, e salve a alegria! E que esta seja festejada unicamente pela satisfação de festejá-la, e que a vida, esta venturosa donzela, seja celebrada unicamente pela alegria da celebração, e que a morte, tão bondosa quanto injuriada, seja bendita, pelo amor ao recomeço que ela representa. Vinde comigo, princesa!

– O mundo ao qual te referes está muito longe? Preciso voltar antes do meu marido.

– Quem, minha princesa, vai ao mundo submerso, dificilmente retorna.

– Como estás aqui?

– Mas é como se não estivesse, pois deste mundo

não sou; se vieres comigo, arrisca-te a deixar de sê-lo.

– Então não poderei voltar para meu marido?

– É bom que voltes, para transmitires o que te foi revelado, mas tua alma pode ficar lá no fundo, pois muitos viajaram para aquém da infância e não regressaram.

– Não compreendo...

– Pois bem, pensa: quem, tendo deixado este mundo, desejaria retornar? Quem assim estivesse, lá ficaria.

– Continuo sem compreender...

– Se fores à terra sem retorno e não discutires os seus ritos, compreenderás todas as coisas que ao homem não foi dado conhecer.

– Então partamos!

– Queres mesmo ir? És capaz de assumir por ti mesma a responsabilidade de fazer a perigosa jornada na escuridão?

– Acho que estou preparada.

– Não temes a minha grotesca figura?

– Confesso que a primeira impressão não me foi das melhores, mas já me acostumei.

– Sou o arauto da morte, ainda assim não me temes?

– Por que temeria? Na vida, a morte é absolutamente certa.

– É um bom começo. No mundo dos mortos encontrarás vida em abundância, mas verás coisas inimagináveis, e insidiosas criaturas tentarão barrar teu caminho; todavia, mal nenhum te sucederá se compreenderes que o ser e o não-ser, a vida e a morte, a beleza e a feiúra, o bem e o mal não passam de rochas que esmagam os viajantes, mas pelas quais os corajosos sempre passam.

Então, senhor, a mulher disse, com voz trêmula:

– Não percamos tempo!

E a criatura: – É só voar!

– Voar?! Mas não tenho asas! – admirou-se a mulher.

– E como chegaste até este ermo?

– Meu marido trouxe-me de canoa.

– Engano teu, vieste voando.

– Não é possível!

– Então te olha no espelho do rio – ordenou-lhe a figura.

Ela obedeceu e, estupefata, enxergou refletida nas águas em vez de mulher uma águia.

– É o que sempre foste – disse a figura. – Pois está escrito: "E foram dadas à mulher duas asas de grande águia, para que voasse para o deserto, ao seu lugar, onde é sustentada por um tempo, e tempos, e metade de um tempo, fora da vista da serpente".

– Mas... e as asas? Não as vejo! – exclamou ela, mirando-se nas águas. – Um pássaro sem asas não voa! – completou.

– Quem te disse? Asas são como brotos que nascem na mente, por isso um bicho como o homem, que não tem asas, pode voar. No mundo submerso verás homens com asas na cabeça.

– Por que perdi minhas asas?

– Para que não fugisses dos que te queriam aprisionar.

– Como aconteceu isso?

– Foi nos tempos antigos, muito antigos, quando os

homens tinham terrível medo das águias.

– Conta-me essa história?

– Não tens pressa em chegar ao mundo inferior?

– Podias contar brevemente...

– Se assim queres, eu conto.

E então, através de suas sete cabeças, que se revezaram na tarefa, a criatura contou que nos tempos antigos, muito antigos, uma águia gigantesca ameaçava os homens. A ave de rapina devorou a irmã do pai dos dois poderosos ancestrais dos homens. Estes foram criados pelo pai debaixo das águas de um grande rio, a fim de se tornarem homens fortes, capazes de matar a ave temida e vingar a morte da tia. Escondidos numa armação de madeira, os meninos ficavam apenas com os rostos de fora. De cinco em cinco dias a mãe vinha vê-los e trazia bolinhos e outras guloseimas para eles, e assim se tornaram gigantes. Naqueles tempos, os homens eram pequenos e fracos; apenas os dois meninos cresceram como gigantes, porém os homens da aldeia nada sabiam a seu respeito. Quando ficaram homens, o pai os levou para a aldeia, mas todos lá se amedrontaram com os homens tão grandes. Então o pai fez uma casa enorme de troncos de palmeira, onde os dois jovens passaram a morar. Em seguida, falou sobre a ave de rapina que havia devorado sua irmã. Então os filhos partiram atrás da ave, a fim de vingar a morte da tia. Lá longe, na borda do grande cerrado, havia uma árvore cujos ramos abrigavam o ninho da águia gigantesca, cujas garras eram como grossos troncos de árvore; a cavidade de sua boca parecia-se com a fauce do tapir, suas plumas lembravam folhas de bananeira e os olhos eram de um tamanho aterrorizador. A ave arrebatava os homens pelos ares e em seguida os devorava, de modo que eles, temerosos, não mais se arriscavam fora da aldeia. Então os jovens gigantes, armados de machado e lança, foram até a árvore onde estava o ninho e feriram a águia e arrancaram-lhe as asas.

– Naquele mundo – concluiu a criatura – havia apenas o sol, noite não havia. Os homens, que enxergavam apenas com os olhos da cara, as asas da mente não viam.

– Tornarei a ver minhas asas? – perguntou a mulher.

– Elas só podem ser vistas à noite – respondeu a criatura.

– Mas nem de noite as vejo!

– É que só conheces a curta noite do sono; a eterna noite do mundo interior, de onde os animais vieram, apagou-se de tua memória, pois no esquecimento é que os homens se refugiam da loucura.

– Quero conhecer a noite eterna.

– Então vira de costas e fecha os olhos – ordenou a criatura.

Ela obedeceu, e a fera lançou de suas sete bocas, atrás da mulher, água como um rio, para que pela corrente a fizesse arrebatar. E então, senhor, aconteceu o que eu temia: no rebojo que se formou com a água expelida pela boca da criatura, a mulher foi tragada. Quando deu por si, estava do outro lado, não apenas do rio, mas de uma espécie de véu transparente que os separava – a ela e à fera, em cujo dorso ia sentada – do mundo de onde tinha vindo. Só então pôde ver que o monstro possuía duas enormes asas e seu corpo era diferente de tudo que ela conhecia, parecendo feito de matéria diversa da nossa. Sua forma animalesca e terrível contrastava com o encanto de seus movimentos. Da voz e do olhar fluíam halos de beleza que, segundo a mulher, palavra alguma seria capaz de descrever. Pela primeira vez, ela sentiu o perfume de flor, oloroso e entontecedor, que se desprendia da criatura e deixava-a incrivelmente tranqüila no dorso da fera, que se movia nas profundezas.

– Marido, se eu não tivesse olhado pela última vez para a terra e avistado o cão, o que me fez lembrar da minha condição de mulher, costela de Adão, não mais haveria passado nem futuro, mas só o presente contínuo e eterno. Do outro lado do véu, vi o cão agitado; andava de um lado para outro, entrava e saía d'água e se detinha sempre num mesmo ponto da praia, como que cheirando e lambendo algo, gania e latia, mas eu não podia ouvi-lo, parecendo tudo tão próximo e ao mesmo tempo tão distante. Coitado do cão, que eu havia deixado. "Posso levar o cachorro?", perguntei à criatura. "Não". "Por que não?". "No mundo para onde vamos, o cão já foi homem; antes de voltar ao que era, precisa cumprir sua missão na Terra", explicou-me a criatura. "É um bom cão, eu e meu marido gostamos muito dele", disse eu, resignada. "Eu sei, teu filho também gostava". "Como sabes que tive um filho?!". "A Terra me pertence, sei de tudo o que nela acontece", disse-me a criatura. Atravessamos uma região sombria, onde fazia muito frio. Eu ia encolhida no lombo da criatura, animal nenhum havia ali, mas apenas musgos, lianas, samambaias e outras plantas, que murmuravam entre si. Um calafrio percorreu meu corpo. Lembrando de ti, ó marido, no mato àquela hora, perguntei: "Chegaremos logo ao mundo submerso?". "Acalma-te, voltarás antes dele", tranqüilizou-me a criatura.

Então, senhor, a mulher tornou a pensar no cão, e, toda vez que pensava nele, lembrava do filho que havia partido.

– O filho que nunca mais poderás conceber – disse-lhe a criatura, adivinhando os seus pensamentos.

Lembrando do filho, ela chorou. Lágrimas de sangue chorou a mulher. Em sonho ou em vigília ruminava a sua dor. Incontáveis vezes os acontecimentos daquele dia repassaram pela sua mente: Um menino pequenino brincava sozinho no terreiro e sua mãe o chamou:

– Meu filho, vem comer!

– Não quero comer – responde o menino.

A mãe diz:

– Por acaso não tens fome?

– Eu não estou com fome – fala o menino.

A mãe sorri e pensa: "Meu filho brinca e por isso não come".

– Filho, come! Come para brincar!

O filho vem e come.

A mãe pergunta:

– Com quem brincas, filho?

O filho diz:

– Mãe, brinco sozinho.

Apontando com o beiço, a mãe fala:

– Filho, não brinca só, brinca com aquele passarinho.

O menino amedronta-se e chora.

A mãe abraça-o:

– Filho, não chora!

O menino se cala, e depois diz:

– Mãe, gosto de brincar com o cão.

A mãe ralha:

– Meu filho, brinca com o passarinho!

– Está bem, eu brinco com o passarinho – concorda o menino. Antes, porém, ele diz ao cachorro: – Deita aí e me espera.

Mas o cão não se deita. Então o pássaro, que vê tudo de um galho, canta. O menino arremeda. O pássaro se aproxima. A mãe espia. O pássaro fica em pé, perto do menino, e canta. O cachorro avista-o, corre e tenta pegá-lo. O pássaro também corre. O menino ri, e diz à mãe:

– O cachorro quer pegar o passarinho. Estás com fome? – pergunta ao cão.

O cão balança a cauda.

"O cachorro atrapalha a brincadeira do menino", pensa a mãe, dando-lhe comida. O cão, que andava faminto, enche a barriga e deita-se, mas, vendo de novo o pássaro perto do menino, late fazendo "vô-vô". O menino vira-se. O cão faz "vô-vô" ao pássaro e este vai embora. E o menino torna a brincar com o cão. A mulher vem, vê os dois brincando e senta-se perto do filho.

– Mãezinha, meu cachorro está zangado. O passarinho ficou em pé perto de mim, o cachorro viu e quis pegar ele, e o passarinho foi-se embora.

O menino diz isso e a mãe ri, e o menino ri também. Com preguiça, o cão foi se deitar nas cinzas do fogão-de-lenha da cabana; o menino o chama, mas ele não vem; o menino chora. A mãe pergunta:

– Filho, por que choras?

– Mãe, meu cachorro está com preguiça e me deixou, eu choro.

O menino vê o pássaro enquanto o cão dorme; gosta dele, mas teme. Desta vez, a mãe não olha, e o pássaro se aproxima de novo do menino. Instante depois, o menino solta um grito. O cão se acorda e rosna. Só então a mulher olha. O pássaro havia carregado seu filho pequenino e voado. A mãe chora, e o cão também. Já lá no alto, o pássaro diz ao menino:

– Amiguinho, não chores. Tu vais brincar com meu filho lá no céu.

E o menino se cala. A mãe, entretanto, chora, e o cão também; o cão gostava muito do menino, por isso a mulher gosta muito dele.

– Fazemos outro – animei-a, mas sabia que a mulher não podia me dar outro filho; então eu andava triste, bebia aguardente, pouco comia, caçar nem pescar queria, saía da cabana no meio da noite e me deitava ao relento, de onde insultava a escuridão. Durante o dia, xingava: "Passarinho de uma figa, se te pego te mato!". Aos poucos, retornei ao trabalho, passando dias inteiros na mata.

– Não chora, mulher. Com tirocínio e sangue-frio há uma saída para tudo! – reanimou-a a criatura.

– Para onde vamos é o céu? – perguntou ela.

– Sim, é o céu, aonde os homens mais cedo ou mais tarde retornam.

– Então verei lá meu filho que o pássaro levou?

– De tanto brincar lá no céu com o filho do pássaro, o teu filho virou passarinho. É ele que de manhã canta perto da cabana – revelou a criatura.

– Então, marido, meu coração se apertou, pois tu não gostas de passarinho; se pegasses o bichinho, o matavas. "Acalma-te! Amanhã, antes de o passarinho cantar, já terás contado ao teu marido", tranqüilizou-me a criatura. "Preciso voltar ainda hoje para casa", eu lhe disse.

E então, senhor, a mulher nem se deu conta de que haviam entrado numa cidade com ruas e casas, mas onde tudo brilhava como se revestido de ouro. A cidade não precisava de sol nem de lua para a iluminarem; um candelabro que pendia do céu banhava-a de tênue claridade. Os portões da cidade estavam sempre abertos, não se fechavam porque ali não havia separação entre dias e noites, só a noite eterna existia. Os mortos ilustres da Terra, de todas as gerações, trouxeram os seus tesouros e suas riquezas para a cidade. A gente que andava nas ruas tinha semelhança com criaturas humanas, sua pele era muito alva e os cabelos louros, mas ali tudo parecia lento e calmo, as pessoas conversavam, mas não se ouvia palavra. A criatura pousou numa praça e ajudou a mulher a descer do seu dorso.

Disse-lhe:

– Como estamos suados da viagem, tomemos banho nos chafarizes.

Na praça, calcada em ouro puro, havia vários

chafarizes. À medida que os olhos da mulher passavam pelos chafarizes, seu rosto ia adquirindo uma expressão diferente: alegria, serenidade, langor, satisfação, beatitude, apreensão, raiva, terror, sedução, lascívia... e outros matizes d'alma se estampavam.

– Fiquei confusa, marido, pois pela primeira vez via chafariz jorrar pensamentos em vez de água. "Escolhe o chafariz que te parecer melhor, volto logo", disse-me a criatura, dirigindo-se ela própria em seu passo alado ao chafariz da sedução, no canto oposto da praça, mas antes me advertiu: "Neste lugar, tudo é muito bonito e o povo é hospitaleiro, mas de modo algum aceites da comida que vão te oferecer, pois, se provares um pedaço sequer, ficarás aqui para sempre". "Feia é esta criatura, mas nunca vi alguém mais cavalheiro", pensei. Querendo agradar, escolhi entre os chafarizes o da beleza. Talvez pela simples escolha, senti meu rosto resplandecer. Homens, mulheres, moças e crianças banhavam-se de beleza. Nem precisei despir-me, pois sob a mortiça claridade da noite eterna tudo transluzia e se tornava transparente. Debaixo do chafariz, senti que belos pensamentos escorriam sobre minha cabeça, deslizavam pelo meu corpo e se infiltravam pela alma. Eis, marido, alguns destes pensamentos: "És a mais refinada criatura, a fertilidade em pessoa. O rio, a brisa, o tufão, a lágrima e a emoção brotam de ti. Do teu útero nasceu um menino, que foi para o céu, mas voltou, e hoje é um passarinho, como passarinho era a pomba que anunciou Jesus, o qual veio, foi, mas voltará, assim como voltou o teu menino, pois quem sai de ti só tem sossego a ti retornando, pois és leve, suave, delicada. Tudo provém de ti. Tua beleza transforma, porque é naturalmente justa; diante dela até os monstros se tornam gentis. Homens, mulheres e crianças encantam-se com a tua voz, mais doce que a flauta. Tua alma é como um rio cheio de bondade. Tua beleza não se compara, pois é única, como única és....".

Enquanto se banhava, a mulher pressentiu que outra coisa estranha acontecia. Gente voltava-se para ela e a observava. Belos jovens, formosas donzelas, graciosas senhoras e mimosas crianças queriam tocá-la, pois, aos olhos destes, não existia em seu mundo uma jovem mais graciosa e bela. Semelhante à última neve a cair, espalhada em valas, era cada uma de suas partes, do topo da cabeça à sola dos pés. Antebraços roliços e majestosos, dedos longos e delgados, pernas bem torneadas de cor agradável; duas sandálias de um belo bronze se interpunham entre os lisos e suaves pés e a terra; um manto, da melhor lã, puro carmesim, havia sobre ela. Sobre suas vestes, um broche de prata branca; brancos dentes perolados, grandes olhos magnificentes e a boca rubra como a sorva. Ela se afastou do chafariz, os pensamentos ainda escorrendo pelo seu corpo: "És a mais refinada criatura, a fertilidade em pessoa. O rio, a brisa, o tufão, a lágrima e a emoção brotam de ti. A flor do campo não é mais bela que tu. És leve, és suave, és delicada. A beleza é perfeita; tu és perfeita. Homens, mulheres e crianças vêm até ti. És sedutora. Tua voz é mais doce que a flauta....". Mais gente admirada e silenciosa a cercava.

E agora, senhor, é que vem a surpresa da história. A

mulher já se desesperava procurando avistar a criatura – "o único ser, marido, que, embora repulsivo, podia proteger-me" – quando um lindo jovem, o mais belo que ela jamais vira, surgindo como que do nada, tomou-a pelo braço e se afastou com ela da multidão que ia se formando.

– Marido, os olhos do jovem reluziam, tremeluziam e irradiavam como o sol nascente. Como um príncipe ele se vestia! "Há aqui uma galáxia de encantos", pensei, olhando para o jovem. "De fato, isso é verdade", disse-me ele, como que lendo os meus pensamentos. "Quem és?", perguntei. "Tu mesma poderás responder", disse ele. Então lembrei da criatura: "Onde está ela?". Neste instante, o cheiro encantador, o mesmo que havia se desprendido da criatura durante a viagem, a tudo pareceu impregnar; onde a gente passava as jovens e até mesmo as mulheres formadas suspiravam, algumas queriam segui-lo. Estupefata e exultante, olhei para o jovem que andava ao meu lado e não pude evitar a pergunta: "Como isso aconteceu?". "É o que sempre acontece, minha princesa, é a regra: fixos na luz, empolgados pelos seus pobres conhecimentos, ensimesmados em sua vã filosofia, apegados à matéria perecível, os homens tornaram-se cegos e insensíveis. Por ser bela e justa, expulsaram do seu convívio a verdade, que se retirou para as trevas, de onde sai disfarçada em formas horrendas e repugnantes para que os maus não a reconheçam; ela se tornou um desafio que só um coração gentil, como o teu, minha princesa, pode encarar e vencer, pois é no interior do coração gentil que habita o amor, e este teve seu efeito na gentileza do verdadeiro eu, tal como, no fogo brando, o excesso de calor". Confesso, marido, que a doce fragrância do jovem me envolvia e o diáfano halo de suas palavras paralisava-me; deixei-me conduzir como que flutuando por aquele estranho e fascinante mundo. "Vamos por aqui, quero que conheças um lugar deveras encantador", disse-me o jovem. "Que lugar maravilhoso!", pensei, ao avistar na amena claridade da noite eterna um rio brilhante como cristal, que passava no meio da rua principal da cidade. Nas águas translúcidas e da cor de essências e resinas silvestres moças, mulheres, homens e crianças, naturalmente despidos, banhavam-se. A pele daquela gente refletia conforme seus movimentos uma tonalidade de répteis sob o luar. "É o rio Desejo, entremos nele?", convidou o jovem.

E assim, senhor, eles fizeram. Sentindo uma das mãos dele na cintura e a outra atrás de sua cabeça, enquanto o líquido do desejo fluía em torno de seus corpos até os quadris, a mulher, sem forças para resistir, ouviu a voz ciciada e melodiosa do jovem dizer-lhe:

– Não me temeste na forma repulsiva em que te apareci e enfrentaste o desafio do mundo submerso, pois agora, em nome do livre arbítrio e da alegria, os dois únicos bens pelos quais vale a pena viver, vou batizar-te nas águas purificadoras do rio Desejo, para que, livre da culpa e do remorso que te inculcaram, possas vencer as batalhas vindouras do auto-conhecimento e te tornes a rainha de tudo de atraente e belo que resulte de teu esforço, porque bela já és e bela poderás ser pela eternidade, já que a beleza é imorredoura. Aceitas o desejo como teu único senhor?

– Aceito! – respondeu ela, como que desfalecendo.

– Aceitar o desejo é morrer para as velhas e carcomidas fórmulas, mas quem o aceita guarda os seus mandamentos. Prometes guardá-los? – perguntou novamente o jovem.

– Dizes-me quais são?

– Não preciso dizer-te, é só leres na tábua do teu coração, onde estão gravados.

Sentindo-se confusa, a mulher viu o bem e o mal se misturando em seu coração. Pressentindo-lhe a vacilação, o jovem insistiu:

– E então? Prometes guardar os mandamentos do desejo?

– Prometo – respondeu ela, sentindo a palavra brotar do seu mais profundo ser.

– Então te batizo nas águas redentoras do desejo, para que, doravante, obedeças unicamente à sua vontade – disse-lhe o jovem, mergulhando-a nas águas do rio. Ao emergir, a leveza das formas, sua coloração tênue e mortiça, e a já conhecida fragrância que a tudo envolvia, infundiam imensa paz.

– Passeemos pelo rio? – convidou ela.

E foram "pulando", termo que melhor explica o curioso modo como, segundo me disse ela, se deslocavam. Tinham duas pernas, mas dentro do rio não as utilizavam como os humanos. Impulsionavam-se para o alto, como que levitando, variando a altura que cada um alcançava. Milhares de seres ali se banhavam. Alguns, além de pularem, batiam os braços contra o corpo, como se quisessem alçar vôo. Havia quem, com espantosa habilidade, trançasse pelo fundo entre os outros, sem se embaraçar.

– Aqui a maldade é boa; bicho ou gente, tudo é alma, tudo fala – explicou o jovem.

– Por que andam assim? – ela quis saber.

– Não só eles, nós também andamos diferente – observou o jovem, rindo.

– E o riso dele, marido, fazia cócegas na alma da gente. "Estás vendo como, mesmo me esforçando, quase não me elevo?", perguntou ele, pulando com força e pouco subindo. "Vou mais alto", observei, dois metros acima de sua cabeça. "Também pudera! Um dragão é mais pesado que a águia", disse ele. "Cadê o pássaro que roubou o meu filho?", perguntei. "Está por aí, entre essa gente toda", apontou ele para os banhistas. Olhei para a multidão de banhistas e fiquei triste, marido; vi milhares de seres minúsculos que com grande leveza pulavam até às nuvens e voltavam; achei que seria inútil procurá-lo no meio de tantos passarinhos. "Não te entristeça, princesa, senão o encanto se quebra. Console-se quem pena tem, pois, atrás de tempo, tempo vem. Amanhã teu filho-passarinho vai cantar em frente à cabana", disse-me o jovem.

Então, senhor, os dois andaram a esmo, em silêncio, entre os banhistas. De vez em quando o jovem mergulhava impregnando o ar e a água com o seu inconfundível perfume. "Vem cá", teria dito ele, "toca em meu rosto!". A mulher tocou na face do jovem e imediatamente passou a irradiar a mesma olorosa fragrância que parecia entontecer o mundo. Por onde iam, muitos os seguiam. Homens, garotos e meninos disputavam um lugar de onde pudessem mirar a bela jovem.

– Salve a jovem princesa! – diziam.

– Salve a jovem princesa! – repetiam.

A mulher olhava-os sem compreender.

– O que eles querem dizer?

– Que és a moça linda e perfumada que nos dias de sol se deita nua nas areias da praia. Eles são os pássaros, os peixes e os répteis que te admiram enquanto te banhas – explicou o jovem.

Então os dois saíram do rio e foram a uma festa do outro lado da cidade.

– De modo nenhum aceites da comida que vão te oferecer, pois se provares um pedaço que seja ficarás aqui para sempre – advertiu novamente o jovem.

Antes de entrarem na festa, que se realizava em imponente castelo, o cheiro perfumado já os anunciara. Como ainda não haviam visto ali gente bonita como eles, as moças se sentaram ao lado do jovem e perguntaram:

– De qual terra vieste, moço bonito, pois ainda não te vimos por aqui? Responde-nos, podemos unir nossos dias com os teus.

O jovem não se arredou do lugar. Como pedra, quieto estava, e quieto ficou. Uma das moças achegou-se a ele, pôs a mão dele em seu ombro, e falou:

– Diz teu nome já, porque, se assim não o fizeres, te levamos à força para casa.

– Chamem-me apenas de moço – disse o jovem.

– Moço, não fujas, te queremos muito bem! –

gritaram-lhe elas, quando o jovem se levantou.

Uma das moças pegou no ombro dele e também ficou cheirosa, o cheiro derramando-se no vento, e o vento o espalhou pela cidade. Gente de todos os lugares veio atrás do cheiro.

– Não se endoideçam por mim, porque minha mãe não quer que eu me case.

– Onde está tua mãe? Queremos abraçá-la e dizer-lhe: Mulher ditosa, quem fez em ti um filho bonito como o sol e cheiroso como flor?

– Não posso contar, porque é segredo; um dia toda gente saberá quem sou. Agora vão já para suas casas e não contem para os homens que fui eu quem fez vocês cheirosas – disse o moço.

No mesmo instante, segundo a mulher, do corpo do jovem saiu uma fumaça que o escondeu dos olhos das mulheres. E estas, não mais o vendo, gritaram como doidas:

– Moço, não fujas de nós!

Muitas foram gritando para suas casas. Pelo caminho, perguntavam a quem encontravam:

– Vocês não viram um moço desconhecido por aqui?

– Não, não vimos nenhum moço – todos respondiam.

As moças diziam:

– É um moço bonito como o sol e cheiroso como flor.

E os homens, também já cheirando aquele cheiro gostoso, perguntaram:

– De que flor será esse cheiro?

Então elas contaram o que se passou, e o cheiro delas

endoideceu os moços; as que não ficaram cheirosas disseram:

– Nos juntemos para procurar o moço cheiroso; ele há de nos fazer todas cheirosas se não quiser morrer; nos derramaremos pelo céu, pela terra, pelo rio, pelo meio da noite para procurá-lo.

E assim fizeram, mas não o encontraram. Ocultos na fumaça, a mulher e o jovem viam as moças enlouquecidas.

– Depois soubemos, marido, que as moças foram a um feiticeiro e disseram: "Vovô, como só tu sabes entontecer gente, entontece aquele moço pra nós". "Sem saber quem é o moço, não posso fazer isso", respondeu o feiticeiro. "É um moço bonito como o sol e cheiroso como flor", disseram. "Onde ele está?", perguntou o velho. "No outro lado da cidade, numa festa com uma mulher que ele trouxe da Terra". "É bonita a mulher?". "É a mulher mais bela que já vimos, e também a mais cheirosa. Todo dia, lá na Terra, ela se banha numa praia. Os homens a viram nua e andam doidos por ela, já nem olham pra nós", responderam. "Ham! Verei o que posso fazer por vocês", disse o feiticeiro. "Queremos que derrubes o moço na nossa mão, ele buliu o coração da gente e depois fugiu". "Trarei o moço para vocês". "Fazes isso pra nós?". "Faço, mas devem prometer uma coisa", disse o velho. "Prometemos o que quiseres", disseram as moças. "Não voltem mais pra festa, entenderam?", falou o feiticeiro. "Pra festa não voltaremos", elas garantiram. "Está bem. À meia-noite, quando a coruja piar, entontecerei o moço e a mulher, e os levarei para aquela gruta, onde vocês devem esperar", disse o feiticeiro, dizendo-lhes o lugar da gruta. "Lá nos encontraremos", concluiu, desaparecendo. E elas dirigiram-se para a gruta. Quem ouvisse a sua conversa acreditaria que deveras o moço já estava nas mãos delas. Como deixaram de nos perseguir, retornamos à festa. A fumaça havia se dissipado e voltamos a ser visíveis, de modo que, pela quantidade de moços que me admiravam, o feiticeiro soube logo que a princesa era eu. "Homens importunos, deixem em paz a moça!", ralhou. Os rapazes se afastaram com medo do feiticeiro. Em seguida, dirigiu-se a mim, dizendo: "Bem-vinda ao mundo submerso, minha princesa. No que lhe posso servir?". "Que simpático velhinho!", pensei. "Aqui estou muito bem, mas te agradeço os cuidados", falei. "Deixar-me-ia alegre se provasse dessa deliciosa cereja que eu trouxe especialmente para a senhora", disse o feiticeiro, mostrando-me a fruta. "Não posso comê-la", disse-lhe. "Por quê?", indagou o feiticeiro. "Sei que não devo". "Já sei... O moço proibiu-lhe, não foi?". "Sim". "Pois não lhe dê ouvidos, ele vive pregando peças. Sabe que ele é meu filho?". "Ele não me disse que tinha pai aqui", retorqui. "Mas tem. Quer que eu aponte entre os jovens o moço meu filho?". "Quero", desafiei. "Lá está ele, o que vem vindo para cá", apontou o feiticeiro. "Claro que ele adivinhou, senão para que lhe serviria ser feiticeiro?", pensei. "Come agora a cereja?", insistiu o velho. A fruta me despertou desejos, mas me lembrei das palavras da criatura: "Neste lugar, tudo é muito bonito e o povo é hospitaleiro, mas de modo algum aceites da comida que vão te oferecer; se provares um pedaço que seja, ficarás aqui para sempre".

Vacilei. "Aposto que meu filho batizou-a no rio Desejo! Não foi a primeira e nem será a última; ele faz isso com todas que traz para cá; se a princesa comer a fruta e em seguida o beijar, será a última", disse o feiticeiro.

– Boca de mel, coração de fel; não a comeste! – disse eu à mulher.

– Vergonha é dizer-te, marido, que aceitei a fruta. Saborosa e inebriante era ela, um calor estranho se espalhou pelo corpo, fui ao encontro do moço e o beijei.

Tal confissão, senhor, azedou-me a vida. A mulher era como as outras, que mal os maridos viram-lhes as costas e se botam a traí-los? Hoje sei que não foi assim, pelo menos como então suspeitei.

– O que houve contigo? – o moço perguntou à mulher.

– Sei lá! De repente tive vontade de te beijar – respondeu ela.

– Comeste algo – disse ele, sentindo o sabor da fruta.

– Foi apenas uma cereja que o bom velhinho me deu.

– Qual velhinho?

– Aquele ali – disse ela, procurando o tal velho com os olhos, mas ele havia sumido.

– Não te disse que não provasses das coisas deste mundo? – censurou-lhe o jovem.

– Mas parecia simpático e disse que é teu pai – justificou-se a mulher.

– Pai qual nada! O teu bom velhinho é um feiticeiro que veio nos entontecer, para que nossas almas fiquem presas aqui – lamentou-se o jovem, já com a voz um pouco lânguida e a vista turvada, o mesmo sentindo a mulher.

À meia-noite, as moças foram para a gruta, onde encontraram o feiticeiro, que olhou direito para a lua. Na noite absoluta, ouviram uma estranha cantiga, que vinha de muito longe e alegrava o coração de todos, tudo se aquietando daí a pouco, até que dois vultos de gente entraram na gruta. O feiticeiro não se mexia, e as moças nem respiravam. No mesmo instante, viram acender-se uma fogueira, o moço e a mulher apareceram diante dela, deitaram-se em cima do musgo e dormiram. Fumaça cheirosa saía do corpo deles e entrava no nariz de todos.

Vendo que dormiam, o feiticeiro falou para as moças:

– Eis aí o moço e a sua companheira.

Disse isso e desapareceu. A sós, as moças aproximaram-se devagarzinho dos dois que dormiam.

– Linda mesmo é a mulher que anda com o moço – cochicharam.

Então as mais novas agarraram o moço, e as outras, a companheira, e foram amarrando a ambos. O moço abriu devagarzinho seus olhos, olhou para todas as moças, fechou-os outra vez e riu no seu coração. Quando a mulher sentiu que a pegavam, sentou-se e disse:

– Quem vocês são? O que querem de nós? Vocês parecem formigas malcheirosas que vivem bulindo com a gente.

Quando as moças pensaram que o moço estava bem amarrado, este fingiu acordar e disse:

– Minha amiga, eu estava sonhando que uma porção de formigas levava-me para a casa delas. Nesse momento, parece, sacudi deste jeito os braços e todas elas caíram do meu braço.

Quando o moço disse "sacudi deste jeito os braços", sacudiu-os de verdade, e a corda que o amarrava quebrou-se. As moças quiseram amarrá-lo outra vez, mas não conseguiam porque seu corpo já estava liso. O corpo dele cheirava agora de embebedar. Então a mulher disse ao moço:

– Se deixares o corpo destas mulheres encostar-se no teu, tu te perdes! Foge depressa destas formigas malcheirosas e vai para o tronco do céu.

Enciumadas, as moças retrucaram:

– Não és casada? Volta para teu marido! Aqui ninguém te quer! Ainda há pouquinho seduziste o nosso moço com um beijo. Como ousas injuriar-nos? Impura és!

Que história mais louca, não é, senhor? Mas eu lhe digo que, mesmo desconfiado, eu queria crer que fosse verdade, pois minha mulher nunca mentia para mim. Do meio do silêncio, segundo ela, apareceu uma voz que disse:

– Moço, endurece o teu coração e foge destas doidas! Também devolve a mulher ao marido, pois ainda não chegou o dia de seres alegre como passarinho e de teres mulher bonita como tu mesmo. Foge!

Então o moço falou:

– Moças, minha alma vive pelas estrelas e voa com as tempestades; este que está diante de vocês é apenas uma alminha; agora que já sabem quem eu sou, deixem de me querer bem!

Sentindo o coração tremer, elas perguntaram:

– Por que foges de nós como animal feroz? Quem

pode te querer tão bem quanto nós, com toda a força do coração? Tu escarneces de nós, e, para completar a zombaria, andas em nossa presença com uma mulher da Terra.

Impacientando-se, o moço falou:

– Moças, não disse que não podem esperar nada de mim? Saiam já daqui! Tenho nojo de vocês!

Quando acabou de falar, desapareceu com sua companheira do meio delas; só silêncio grande ficou. As moças sentiram tremer seu coração e ficaram mudas. Aquelas que o estavam amarrando tinham na mão pedra de amolar; as outras, que pegavam a moça, uma porção de algodão.

Quando o cão, todo esbaforido, irrompeu na clareira onde eu trabalhava, a tarde já ia avançada, e os animais noturnos produziam seus primeiros rumores, enchendo a floresta de lamentos. As minhas mãos, apesar de ásperas de tanto cortarem madeira, estavam doloridas, mas ainda seria capaz de lavrar mais duas ou três tábuas, se a chegada inesperada do cão não me tivesse obrigado a parar.

Senti um aperto no coração. "Alguma coisa deve ter acontecido com a mulher", pensei, enquanto pegava meus apetrechos e o farnel de alimentos, enveredando a seguir – o cão à minha frente – pelo mesmo caminho que me trouxera de manhã ao trabalho. Fui direto para o porto, onde encontrei a mulher desmaiada, inteiramente nua, metade dentro d'água e o resto sobre a praia. Arrastei-a, até que o corpo ficou todo fora d'água. Esfregando seu rosto, em vão tentei despertá-la. Por fim, ergui-a nos braços e, sentindo que respirava, levei-a para a cabana, onde, deitada na rede, ela abriu os olhos como se voltasse de longa viagem. Espreguiçou-se, depois bocejou, ao que parece sem reconhecer o lugar nem a pessoa que estava ao seu lado. Trouxe-lhe uma cuia d'água e falei: "Bebe, teus lábios estão ressecados". Sem murmúrio, ela obedeceu. Então coloquei a mão sobre sua fronte e senti a febre que incendiava seus olhos. Demorei a acender o fogo, o qual, com a ausência da mulher, havia se apagado. Voltei com chá quente e estendi-lhe a cuia. Ela bebeu em silêncio. Vendo a mulher sentada na rede, com a cuia entre os lábios, o cão se aquietou. Então perguntei: "Mulher, o que aconteceu?".

A princípio, nada disse, parecendo estranhar a pergunta. Depois, como se só então notasse a minha presença e a do cão (o qual, demonstrando satisfação com o retorno de sua dona, olhava-a e gania), ela contou, de modo surpreendente e em detalhes, todos os peregrinos e (a julgar pela expressão de incredulidade do meu rosto) estapafúrdios acontecimentos vividos e presenciados por ela em sua viagem ao mundo submerso. "A coitada ainda deve estar delirando", tranqüilizei-me, mas fiquei deveras impressionado com o brilho apaixonado que aparecia nos olhos da mulher quando falava do seu "amigo" dragão, que, segundo ela, era um formoso príncipe, o moço mais bonito e cheiroso que ela tinha conhecido. "Nada disso ela vai se lembrar depois", concluí, reconhecendo-me a contragosto um pouco enciumado. E fui pensando: "Onde já se viu dragão neste rio! Ela deve ter visto um jacaré, que aqui os têm grandes e robustos, que alcançam até 50 palmos de comprimento, e têm escamas como conchas que lhe servem de forte saia de malha, tão impenetrável como um aço, pois nem as mais agudas lanças lhe entram, nem lhe fazem brecha as balas, quais duros rochedos resistem e cospem as balas; e têm uma tão grande boca que por ela engolem um homem inteiro; e quando abrem a boca fazem a figura de tamborete levantando, formando o queixo de baixo, que é imóvel e firme, a semelhança do aperto, e o queixo de cima a de encosto; e assim como gozam do título e honras de grandes, assim também o são as suas luxarias, porque comem com grandeza e à fidalga; não se contentam com ervas, frutos do mato ou legumes, como os demais animais, mas só de bom peixe que pescam e boa carne que caçam ou pilham, por serem acostumados a viver de rapina; pescam muitas tartarugas no rio e principalmente nos lagos, que são ordinariamente os seus viveiros; também as acometem nas praias, quando saem a desovar, e muito mais quando pequeninas saem dos ovos para á água, onde as ficam esperando com os alçapões das suas grandes bocas, nas quais elas, inocentes, se vão meter, quais doninhas nas bocas dos sapos. Têm especial antipatia com as onças, tigres e cães, não porque perdoem a qualquer outro animal que possam nas praias ou rios pilhar – pois, assim que podem fazer tiro, seguram ainda ao mais bravo touro – mas porque, tendo de escolher caça, os primeiros acometidos são os cães, e onças; porém, o seu melhor bocado é a carne de gente, quando as podem colher, que não é poucas vezes, ou já dos que caem n'água, nas alagações, ou dos que vão nadar e lavar-se, ou já dos pescadores, e gostam tanto da carne humana que nem a assam nem a cozem senão no ventre; e usam de várias astúcias para apanharem a gente, porque umas vezes, dizem, fingem que choram, como fazem as choradeiras nas casas de defuntos, e o fazem tão propriamente que parecem crianças a chorar; e, acudindo a gente à praia para ver ou ouvir o que é, acodem os jacarés de súbito a fazer tiro em algum; outras vezes, vendo uma pessoa à borda da água, ou lavando-se, mergulham abaixo e vão surgir na mesma parte, e, dando logo com a cauda uma forte rabanada, quanto apanham é seu, que o levando o vão comer muito contentes; são tão atrevidos, estes danados, que algumas vezes têm acometido a gente nas embarcações, especialmente apanhando-as descuidadas; e algumas tem havido que, subindo pelo leme, foram dentro da embarcação fazer a sua presa; outras vezes, estando algum pescador com o braço de fora segurando a linha, agarram-lhe o braço e o levam sem remédio; e alguns, que livraram, foi largando o braço ou perna".

Pensei isso, senhor, meio de atropelo, sem esforço. Não tinha mais dúvida: o tal dragão não passava de um dos tantos jacarés que moravam naquele rio, perigosos, sim, mas coisas deste mundo, perfeitamente explicáveis. O rapto do filho pequenino pelo pássaro, a estada do menino no céu, e a sua volta para a Terra em forma de passarinho não passavam de leseira da mulher, sentenciei. O menino simplesmente morrera e fora enterrado dentro duma caixinha que eu mesmo fizera com tábuas da árvore mais sólida destas florestas, nisso queria crer, e não via por que duvidar.

Por muito tempo enxuguei o suor do rosto da mulher,

pois a febre não cedia. A pele estava estranhamente escorregadia, como peixe, do jeito que a encontrei na beira do rio; por mais que a limpasse, uma espécie de gosma persistia. Um cheiro forte, de planta, para o qual eu não encontrava explicação, não cessava de emanar de seu corpo, nem mesmo quando lhe respingava o banho malcheiroso de arruda com alecrim que ela trazia engarrafado para curar malefícios. A noite havia descido por completo. De fora vinha o canto das corujas e outros animais noturnos, como os sapos, cujo coaxar monótono e melancólico emprestava uma nota lúgubre ao silvo das serpentes. Uma aragemzinha fria penetrava através dos furos da parede de palha da cabana, fazendo bruxulear a chama da lamparina. Senti um calafrio. Encolhido a um canto, o cão de quando em vez olhava de soslaio para a porta, como se temesse a aparição de alguém ou de alguma coisa. Notando a sua inquietação, deixei que naquela noite ele dormisse com a gente na cabana. "Mas só hoje, ouviu? Lugar de cachorro é no terreiro", disse ao animal, que me agradeceu com um ganido. "Gosto desse bicho", disse para mim mesmo. Era só vê-lo e lembrava logo do filhinho falecido, pois não havia no mundo dois seres mais unidos.

Antes de o cachorro chegar, o menino vivia triste; tristeza, diga-se, muito antiga, pois nem havia nascido e já manifestava sua sina. Ainda no ventre materno, emitia estranhos gritos, gemia; uma vez nascido, sofria de ataques e convulsões, ou se comportava de modo peculiar. Vivia sozinho, debaixo das árvores, e costumava fugir para o rio, e mergulhava até o fundo, onde ficava muito tempo, subindo de lá três borbulhas, mas, ao retornar, aparecia enxuto, e agia como se nada tivesse acontecido. Não brincava com ninguém, sempre calado, alheado de tudo, magrinho e frágil, sua pele era de um tom amarelado, e as pálpebras eram macilentas; olhava para o mundo, mas parecia que não estava vendo. Um dia caiu doente, e da rede não se levantou nem quando a mãe ministrou-lhe beberagens e besuntou-o com ungüentos. Ficava olhando sempre para o rio, como se alguém fosse chegar pelo porto, mas não havia absolutamente ninguém para esperar, pois, além do menino, eu e a mulher éramos os únicos seres humanos neste vasto e ermo lugar. O pequeno certamente sabia disso, pois, certa vez, antes de adoecer, levei-o à pescaria, e, como esta se revelasse muito boa, não vimos o tempo passar, pegando-nos a noite distante de casa, de modo que tivemos de dormir na margem do rio, numa tenda improvisada. No dia seguinte, quando nos preparávamos para voltar, o menino pediu-me que continuássemos a viagem, pois queria ver quem estava falando e cantando no fundo do rio. Encostei o ouvido na borda da canoa e nada escutei. Quando disse que íamos voltar para casa, o menino ameaçou saltar da canoa; com muito esforço o segurei. Depois, quando eu remava, o menino pulou n'água e sumiu lá no fundo, vindo à tona as três costumeiras borbulhas. Em vão o procurei por ali. Encontrei-o a um dia de canoa, sentadinho sobre uma pedra, tiritando de frio. Ao recolhê-lo à canoa, senti que o menino não estava molhado, como se espera de quem entra no rio, mas sua pele era escorregadia, parecendo peixe, com a mesma gosmenta lisura que tempos depois eu reconheceria no corpo da mulher. Daquele dia em diante o menino passou a apregoar presságios, quase sempre funestos, como, por exemplo, no dia em que me feri com o machado lá no mato.

– Papai acaba de se cortar – disse o menino à mulher, que não lhe deu ouvido.

Instantes depois, eu cheguei me esvaindo.

E adivinhava pensamentos, como daquela vez, quando, já bem fraquinho, virou-se de súbito para a mãe, e disse:

– Pensas que vou morrer, não é, mamãe?

A mulher teve de se virar de lado, a fim de esconder o pesar que, em forma de lágrimas, rolava em seu rosto.

A previsão mais impressionante, entretanto, aconteceu certa tarde. Depois de mirar o rio durante toda a manhã, o menino avisou:

– O meu cãozinho está chegando.

Eu e a mulher, à beira da rede onde ele definhava, pensamos, contristados, que, depois de tantos dias de sofrimento, o pequeno atravessava o seu último delírio. Bem que gostaríamos de conseguir um cachorro para o menino (pois o que não faríamos para vê-lo feliz?). Todavia, isolados como vivíamos, na beira deste rio fininho que se enrosca no fundo da selva, numa região que ninguém sabe, a muitos dias de viagem do vizinho mais próximo, isso era impossível. Só em delírio alguém poderia imaginar que um cão fosse aparecer ali! Mas qual não foi a nossa surpresa quando o menino, saltando sozinho da rede, como se jamais tivesse adoecido, saiu rindo e gritando para o terreiro, enquanto apontava para o rio:

– Papai! Mamãe! Lá vem o meu cãozinho! Estão vendo?

Com efeito, onde o pequeno indicava, como que saindo das águas, avistamos um lindo cachorrinho, que vinha se sacudindo ao encontro do menino. Pela festa que se fizeram, pareciam conhecer-se, pois, enquanto o menino abria os braços e apertava o cãozinho ao seu peito, este se pôs a lamber o rosto, as orelhas e os cabelos do menino. Notamos que, a partir desse dia, o menino desabrochou como uma plantinha que volta a receber água e calor. Como dois irmãozinhos, ele e o cão não se largavam; na terra ou no rio brincavam, sendo uma luta convencer o menino de que cachorro dorme no terreiro, vigiando seus donos, e não com estes na cabana. Dava gosto vê-los conversando, o menino entendendo o cão, e o cão entendendo o menino.

– Pega aquele pau ali! – mandava o menino.

E o cão pegava.

– Deita aqui!

E o cão deitava.

– Pára!

O cão parava.

– Dá um beijo na mamãe!

O cão beijava. O menino, cheio de alegria, sorria.

"Como é bom ter um cachorrinho", devia pensar o menino. "Como é bom ter um menino", devia pensar o cão. Como era bom vê-los se entendendo. O cão gania e levantava as patas: o menino pegava-o no colo. O cão desembestava a correr pelo terreiro: o menino ia com ele para o rio. O cão choramingava como criança: o menino sabia que alguma coisa o amedrontava. O menino assobiava: o cão logo aparecia. O menino cantava: o cão ouvia. O menino chorava: o cão lambia o seu rosto. O menino se zangava com o cão: o cão olhava triste para o menino e se encolhia. O menino punha o cão em seu colo, o cão latia, o menino devolvia ao chão o amiguinho e os dois saíam que nem loucos, a mãe gritando atrás deles:

– Aonde vocês vão, seus malucos?

– Vamos tomar banho no rio – explicava o menino.

Voltavam com uma espécie de musgo escuro e visguento, desconhecido naquelas águas, grudado em seus corpos. Em vão a mãe ralhava, pois daí a pouco os dois estavam de novo no rio.

Dias felizes teve o menino, na companhia do cachorro, até que o pássaro apareceu. No começo, só o menino e, claro, o cachorro, o notaram. Do galho de uma árvore ele assobiou. Ao ser avistado, abriu as asas, levantou o penacho, trunfou a cabeça e o pescoço, e, imitando o cachorro, bufou colérico, simulando investidas e arremessos, e outras macaquices, que fizeram o menino quase morrer de rir.

– Vem cá, passarinho! – chamou o menino, já gostando do danado.

Enciumado, o cão ladrou.

– Não te zanga, cachorro, deixa em paz o passarinho – ralhou o menino.

Baixando a cauda, o cão afastou-se, despeitado, enquanto o pássaro, em vôo rasante, pousou na frente do menino.

– Cão bom nunca ladra em falso – disse o visitante.

– O que fazes aqui? – perguntou-lhe o menino.

– Ia passando quando te vi – respondeu o outro, já se agarrando com as unhas na roupa do menino até pousar em seu ombro, mas, assim que o menino lhe quis pôr as mãos, deixou-se cair para trás, exibindo, nessa delicada posição, com grande valentia, as suas habilidades; depois, endireitando-se, subiu mais para cima, e, deixando-se de novo cair, repetiu as mesmas exibições, uma, duas, e muitas vezes, com igual galhardia.

Já esquecido do seu cachorrinho, que entristecido olhava a distância, o menino correu para a cabana, onde estávamos.

– Pai, mãe! Olha só o meu passarinho! – gritou.

Eu e a mulher olhamos para o menino e para o pássaro.

– Ele não é bonito?! Ele fala e eu entendo! – disse o menino, com o pássaro no ombro.

– Sim, é bonito o teu passarinho – concordou a mãe.

– Não passa de um pássaro falso e sem-vergonha – disse eu.

– Pai, não fala assim do meu passarinho! – choramingou o menino.

O pássaro, que já saltara do ombro do menino para uma das redes, subiu nesta até os punhos, daí passando ao caibro da cabana, onde se dependurou pelos pés, fazendo aí meneios ao compasso da sua voz, com tais requebros que parecia estar rindo, falando e aplaudindo, e tudo tão bem e com tanta pilhéria que, até mesmo eu, que não morria de amores por passarinhos, não podendo já com tanta galhofa, vi-me obrigado a apertar as ilhargas, que, de tanto eu rir, chegaram a doer-me.

– Estás vendo, pai?! Não é engraçado o meu passarinho? – disse o menino.

– Sim, filho, é muito engraçado – concordei, satisfeito com a alegria do menino.

Vendo-se aceito, o pássaro retornou ao ombro do menino e os dois voltaram ao terreiro, onde o cão, longe, debaixo duma árvore, estava deitado.

– Vem cá, meu cãozinho, brinca com a gente – convidou o menino, mas o cão não obedeceu.

Daí por diante, o cão seguia o menino e o passarinho a distância, e, quando o pássaro se descuidava, tentava pegá-lo, mas ele sempre voava. Lá da cabana, a mulher observava a disputa e, sem saber o motivo, seu coração se confrangia. "Mau, muito mau é o cachorro, que apareceu de dentro do rio, como que do nada. Bom, muito bom é o passarinho, que faz o meu filho rir e chorar de alegria", pensava. De longe, a mulher enxergava o menino gesticulando e falando com alguém invisível. Era o passarinho, ela sabia. "O que eles tanto conversam?", ela se perguntava, pois, perto dela, o pássaro nunca falava com o menino. "Como pode esse passarinho falar?", ela se intrigava, arrepiando-se, mas logo esquecia do caso. Seu filho era feliz, isso que importava. Mau, muito mau era o cachorro, que tinha raiva do passarinho, pensava a mulher, e não deu mais comida para o cão, destinando tudo de bom ao outro. "Não fies nem confies, nem filhos de outros cries", foi o que pensei, mas deixei que o animal me seguisse ao trabalho, onde lhe dava a sobra dos alimentos. Enquanto isso, dias felizes teve o menino ao lado do passarinho, até que, sem quê nem pra quê, desinteressou-se do amigo. "Coitada", pensei, vendo a mulher consumida pela febre. "Ela acha que o pássaro levou o menino, e não se perdoa por isso!".

Só depois de muita insistência, senhor, ela aceitou um pouco do mingau que lhe oferecia, mas logo voltou ao estado de alheamento, do qual só despertou quando um assobio, longo e fino, como se alguém chamasse de fora da cabana, a fez sentar-se na rede. Tendo ouvido atentamente o assobio, ela começou a cantar, como em resposta, uma estranha cantiga. Triste, muito triste era a canção, que parecia vir do fundo do coração da mulher, de sua pobre alma. Tomado de surpresa, pois raramente a via cantar, escutei a canção, mas não percebia o sentido das palavras. De repente, vinda da escuridão, outra música irrompeu rasgando os ares. Que música era aquela, de clamores e lamentações? Dentro da cabana, eu, a mulher e o cão – e, lá fora, os outros animais da terra – ouvimos a desconhecida música, que subia do fundo das águas. Sob o meu olhar vigilante, a mulher levantou-se da rede. Debaixo da débil luz da lamparina seu corpo parecia ter escamas. Ao dirigir-se para a porta da cabana, barrei-lhe o caminho, então a mulher jogou-se ao chão rolando e gemendo; em seguida, arrancando o vestido, levantou-se e correu para a porta; agarrei-a, mas ela resistiu como possessa; dominada, caiu em convulsões.

– Deixa-me ir para o rio – pediu ela, e só se acalmou

depois que lhe esfreguei alho.

A estranha música havia cessado. Acompanhado pelo cão, rondei em volta da cabana e percebi como que um vulto de homem vestido de branco, que corria pela praia e em seguida jogou-se nas águas. Entrei na cabana, peguei minha espingarda e de novo saí.

– Volta aqui, filho de uma porca! – desafiei, ainda vendo a criatura, que reapareceu bufando quase na outra margem do rio.

Encolhida na rede, a mulher tornou a cantar, ora alto, ora murmurando, a mesma estranha canção, até que, parecendo cansada, o canto foi minguando e cessou. Finalmente, ela dormiu. Ao seu lado, vigiava-lhe o sono. Exausto, pestanejei, lutando para não dormir.

– Que sonhos ela estará tendo? – perguntei-me, vendo o globo ocular da mulher mover-se nas órbitas.

Lá fora, sob o manto frio da noite, o grande ser vivente, que acolhe outros seres em seu regaço, respirava. Dominado pelo cansaço, cabeceei e sonhei. Lá do rio, chegaram-me risadas, choros, gemidos e outros sinais de gente humana. Um toque de tamboril parecia subir do fundo das águas. Então peguei os apetrechos de pesca e desci para o rio. Da pequena praia lancei a linha, e senti, daí a pouco, que beliscavam no anzol, mas de um modo diverso do que costuma o peixe bicar. Ao puxar a linha, nada veio. Admirado da novidade, fiquei mais atento e, assim que senti bulir, puxei de repente, principiando a ouvir gemidos humanos. Quanto mais puxava, maior peso sentia, e mais claros ficavam os gemidos; mas, como era noite, tive medo, e, mesmo me envergonhando depois, larguei a linha e fugi para casa, onde a mulher, parecendo mais calma, ressonava. Tornei a ouvir o toque do tamboril e, no meio do toque, alguém que me chamava. Surpreso, voltei para o rio, e aí, no mesmo lugar onde havia lançado a linha, alguém me falou:

– Homem, vem curar o teu filho que feriste com o anzol.

– Meu filho?!

– Sim, o menino que o pássaro roubou está ferido, vem curá-lo.

Nestas matas, senhor, onde nasci e cresci, havia me endurecido, as mãos tornaram-se ásperas, mas eu ainda tinha um coração que pulsava. Sentindo saudades do menino, atendi à voz que me chamava. Mergulhei. Ao pisar no fundo, ouvi vozes de corujas, onças e outros animais noturnos, de permeio com gemidos humanos, e o estalar de ossos quebrados. Sons e ruídos misturavam-se ao toque de tamboril.

– O que é isso? – perguntei.

– É o choro daqueles que o domador de mentes e seus sequazes mataram – disse a voz.

– Onde está o meu filho?

– Teu filho? Enganei-te, ele nunca esteve aqui – disse a voz, soltando uma gargalhada.

Então, no meio de um acampamento, vi redes vazias, manchadas de sangue, e, espalhados embaixo delas, ossos humanos quebrados. Entre os destroços, jazia a cabeça de uma mulher. Quando quis ir embora, a cabeça gritou:

– Leva-me contigo!

"De quem será essa cabeça?", pensei.

Com pena, decidi levá-la. Tive de andar devagar para que a cabeça pudesse rolar rente atrás de mim. Um pouco adiante, pensei numa maneira de livrar-me de tão sinistro companheiro.

– Espera um pouco aqui enquanto vou fazer as minhas necessidades – disse à cabeça, mas não voltei, tomando outro caminho.

Fiz rapidamente um fojo encoberto com ramos verdes e escondi-me ao lado. De onde continuava esperando, a cabeça gritou:

– Ainda não acabaste?

– Ainda não! – responderam as minhas fezes.

– O que?! No tempo quando eu era gente, fezes não falavam! – disse a cabeça, que rolou em seguida pelo caminho e caiu no fojo mais adiante.

Saí da mata, enchi o buraco com terra e calquei-a bem com os pés; depois voltei para casa, ouvindo ainda gritos que subiam do rio.

Ao abrir os olhos, eis que, à minha frente, vi a mesma cabeça que havia caído no fojo, mas modificada, pois lhe brotavam duas asas nas têmporas, e garras também saíam dos dedos da mulher, que, de manhã, ao meu lado, parecia dormir profundamente.

Os acontecimentos da noite já se afiguravam tão distantes e irreais que eu, enquanto afugentava dos olhos uns restinhos de sono, pensei: "Devo ter sonhado o tempo todo, pois onde já se viu crer que homens criados na terra vivam debaixo d'água, porque assim como os peixes fora d'água logo morrem, assim os homens fora do ar, onde não podem respirar, como sucede aos que se afogam e logo expiram. Pior é pensar que são demônios, só um frouxo creria nisso. Se um dos tais me aparecer, dou-lhe uma surra".

Pois, senhor, mui valente eu era nessa época, mas, devo esclarecer, de uma valentia bem curiosa, como a de muitos soldados, de todas as eras, que, em tempo de paz, blasonam de valentes, como leões diante dos cordeirinhos, porém, em tempo de guerra, desmaiam de medo como mansos borregos frente aos leões, e parecem bravos leopardos para os mansos, e, frente aos inimigos, pacíficos como o tamanduá, um dos animais mais galantes da selva, o qual, afora as formigas, das quais se alimenta, não faz mal a ninguém, antes é tão covarde que facilmente se mata: porque, atacado, ordinariamente foge, e, se alguém o segue e persegue, pára, e assenta-se como um cão, levantando as mãos, nas quais tem, e também nos pés, umas formosas unhas; e tem tanta força que, acolhendo nos braços alguém, que se lhe chega perto, dá-lhe um tal abraço que lhe faz sair as entranhas, e quebra todos os ossos; e assim faz às onças, quando estas o acometem, se elas se achegam de sorte que as possa agarrar e abraçar, mas quem já sabe não se lhe chega, porém, de largo, já com paus, já com pedras, já com pedradas, e muito melhor com tiros, ou flechas, o matam, sem que ele tenha ânimo nem para fugir nem para acometer, o mais que faz é conservar as mãos e braços levantados, olhando para uma parte e para outra, indicando a vontade que tem de trazer às mãos a quem o persegue, e, como que o desafiando para medirem braço a braço as forças, ou que ao menos se achegue, que ele, além de ânimo, tem desejo de jogar com ele as lutas; não foge por brio; antes, deixa-se matar do que fugir, pois, encontrando-se alguém com ele num caminho, se vê que o outro pára, também ele pára, e, se para ele achega-se o outro, na direção deste continua a caminhar, porém, se o outro foge voltando para trás, da mesma maneira ele se vira, de sorte que imita as ações do outro, mas à sua vista não foge, ainda que ali haja de morrer; tal qual o tamanduá ou o leão, que, perseguidos por caçadores, não fogem e se deixam matar, assim eu, senhor, tomando por desdouro o retirar-me ou render-me a meus inimigos, sempre fui de me oferecer brioso às brigas; tanto isso é verdade que, se houvesse alguém aqui, neste ermo, com quem duelar, em duelo me bateria, ainda que, ao aceitar o combate, arriscasse a minha vida.

– O capeta que se atreva comigo, meto-lhe chumbo! – disse para mim mesmo, pegando a espingarda e saindo para o terreiro, no exato momento em que, como se em resposta ao repto que eu lançara ao demônio, um pássaro cantou do galho de uma árvore.

Num gesto instintivo, já com a arma em posição de tiro, tentei descobrir o pássaro. "Onde já se viu criança virar passarinho!", pensei, enquanto procurava o pássaro, que continuava a cantar.

– Vais ver quantos chumbos saem da boca da minha cartucheira – disse, encontrando finalmente uma manchinha negra entre a folhagem.

De tanto ver a mulher culpar o pássaro pela perda

do filho, passei a xingar passarinhos, pondo-os às vezes sob a mira, pois bravo, mui bravo eu era, mas, justiça se faça, não era vingativo, jamais puxei o gatilho, e também daquela vez não puxaria, até porque não tive tempo, já que a mulher, que se levantara da rede sem ser notada, de repente gritou-me:

– Pelo amor de Deus, não atira no passarinho, que é nosso filho!

– Filho?! Só se for do capeta! – disse eu, baixando a arma.

– Desce aqui, filhinho! Vem cá com a mamãe! – chamou ela.

Sem as macaquices, meneios e trejeitos com que costumam se apresentar os bichos de sua espécie, o pássaro pousou no ombro da mulher e aí se aquietou, encolhido e tímido, como que temendo a minha presença.

– Calma, filho! Papai também te quer – cochichou ela no ouvido de seu protegido, que, em silêncio, apenas olhou e bicou, como que acariciando, o nariz, o rosto, a testa e as pálpebras da mulher, enquanto esta alisava o seu cocuruto. Então o pássaro, a modo de choro, pôs-se a trilar.

– Anda triste o coitado, ainda está espantado. Pega ele um pouquinho, marido! – disse a mulher.

– Nosso filho morreu, sabes disso – repliquei.

– Custa-te crer, marido, pelo menos esta vez?

– Bem que gostaria, mulher.

– Olha o que ele está fazendo, quem sabe agora acreditas – disse a mulher, apontando para o meio do terreiro.

– Estou vendo, é mesmo incrível! – exclamei.

O pássaro, ao ver o cachorro sair da cabana, voara confiante ao seu encontro, sendo, para surpresa minha e da mulher, recebido com festa pelo cão, pois este até permitiu que o outro pousasse em seu lombo, onde se deitou de costas, deu piruetas, fez cócegas e outras bugiarias.

– Vês como o cachorro gosta dele? É o nosso filho! – disse a mulher.

– Sei não... passarinho é bicho sonso; de outra vez também chegou faceiro, cativando, e depois... – retruquei.

– A gente pode até se enganar, mas não o cachorro, que é bicho. Vê como os dois brincam.

À frente do cão, o pássaro se encrespava. Como que animando a si mesmo, virava e revirava os olhos para uma e outra parte, fingindo ímpetos de saltos e assaltos, e, como quem já desprezasse o inimigo, virava-se para trás e dava alguns passos com muita pausa e gravidade, e, com igual maestria, tornava a virar-se para o cão. Este, por sua vez, simulando temor, encolhia o rabo e escondia a cabeça entre os braços. O pássaro de novo se encrespava, abria as asas, levantava o penacho da cabeça e, como um cão de fila, bufando colérico, fazia arremessos e arremedos de investidas contra o cachorro, que permanecia encolhido, fazendo-me, pela primeira vez, sorrir.

– Pensa, marido: se fosse um passarinho qualquer, o cão não deixava ele fazer isso.

– Mesmo que o nosso filho fosse um passarinho, como ter certeza de que este é mesmo ele e não aquele que nos enganou?

– Olha bem nos olhos dele... Não vês que é o nosso filho?

Como que entendendo as palavras da mulher, o pássaro veio pousar no meu ombro, e não o repeli. A um palmo do meu rosto, enxerguei tristeza e melancolia em seus olhos, e arrepiei-me. Numa espécie de choramingo, passou a chiar, enquanto dava com as asas; então dele me compadeci.

– Alegra-te, passarinho! Vem cá! – disse, oferecendo-lhe o dedo, onde ele veio pousar.

No instante seguinte, já estava de novo alegre e faceiro, arremedando outros animais, especialmente as galinhas, do mesmo modo como o menino fazia em seus melhores dias.

– Não te disse que é ele?! – exultou a mulher.

– Sei não... é melhor esperar, passarinho é bicho safado – respondi.

Naquele dia, depois de tantos acontecimentos inusitados e da noite mal dormida, não fui trabalhar. Não pela mulher, que, com o aparecimento do passarinho, vivia um tal estado de euforia que impossível era crer que ela ardera em febre a noite inteira. Embora eu sentisse os olhos pesados e o corpo carente de descanso, não conseguia repousar, pois, mal me deitava, o passarinho e o cão punham-se a trançar daqui para lá e de lá para cá, guinchando e gritando como meninos peraltas, afugentando-me o sono. Irritado, levantei-me, mas, em vez de escorraçar os arruaceiros, como noutros tempos faria, acheguei-me à mulher e com esta fiquei a observar os dois bichinhos, os quais, vendo-se como centro das atenções, voltaram ao terreiro, passando a exibir aí o seu repertório de estripulias. O passarinho não sabia falar como os papagaios, mas, com a sua voz, e requebros, parecia que falava.

– Vem aqui, meu cachorrinho – ele chamava o companheiro, do galho de uma árvore.

– Não sei subir; desce tu, seu safadinho – respondia o cão, focinhando o ar e ganindo.

– Eu não! Tu me abocanhas – retorquia o outro.

– Abocanho não, pois gosto muito de ti – dizia o cão.

– Eu também te gosto muito. Lá no céu, eu brincava com o filho do pássaro, mas não esquecia do meu cão – dizia o passarinho, e vinha pousar na cabeça do cachorro, onde, instantes depois, espremendo-se e tufando o penacho do pescoço, fazia pipi. Logrado, o cão disparava a correr pelo terreiro, sacolejando-se todo, jogando a cabeça para um lado e para outro, querendo com isso destronar o "toureiro", que se aferrava com o bico no pêlo do amigo, levando-me, pela segunda vez naquele dia, a soltar uma gostosa gargalhada.

– Prende o bichinho, marido, senão ele vai embora – pediu a mulher.

– Prendo não. Pássaro preso morre. Se ele for mesmo nosso filho, não vai embora – disse eu.

E, pela primeira vez, desejei que aquele passarinho fosse o meu filho.

"Loucura! O menino morreu e foi enterrado", disse para mim mesmo, o que não impediu, senhor, que uma inesperada ternura pelo pássaro tomasse conta de mim.

Passei o resto do dia brincando com a pequena criatura. Lá do fogão, onde preparava o alimento, a mulher, derramando-se de alegria, via que me derretia em mimos com o passarinho, o qual, já sem receios, entre um vôo e outro, entre um e outro salamaleque, vinha buscar os grãos de milho e arroz que lhe oferecia, e retribuía-me a gentileza, de cada vez, bicando-me carinhosamente as faces, o nariz e os cabelos. "Não é possível! Há mesmo uma coisa estranha nesse passarinho", pensei, e, aproveitando que a mulher parecia distraída à beira do fogão, fui até ao pé da frondosa árvore, no fim do terreiro, onde um dia enterrei o menino. O caixote ainda estava lá, a três palmos de fundura. "Claro que ainda está aí, pois o fiz da melhor madeira", murmurei, aliviado.

Entretanto, senhor, qual não foi meu espanto quando, ao abrir o caixote, nada havia ali. "Mas tenho certeza de que pus aí o menino, e não faz tanto tempo. Devia restar alguma coisa do corpinho!", pensei. E voltei confuso à cabana. Antes de entrar, ouvi a mulher conversando com alguém:

– Papai te adora, meu filho; ele é turrão, mas coração dele é mole; quando te foste de nós, papai sofreu muito, parecia que ia morrer, depois melhorou e pra esquecer jogou-se no trabalho – dizia ela.

Atrás da porta, eu escutava. Depois de um breve silêncio, ela continuou: – Ham, sei, sei... queres ouvir a tua história? Pois te conto...

E a mulher contou a seguinte história, tantas vezes já contada ao menino:

– Sempre foste muito especial para nós, mesmo quando eras só uma sementinha na barriga de mamãe, que vivia muito triste, pois se deitava de noite e de dia com teu pai e não engravidava, e em vão bebia chás amargos para pegar filho. Sentindo-se uma árvore seca, mamãe chorou, papai também, pois ele esconde os sentimentos mas também chora. Por muito tempo choramos, até que um dia o pássaro acauã, que esfria a alma da gente quando pia, pousou no terreiro e de lá soltou três vezes o seu canto agourento, de um jeito tão lamentoso que fez tremer coração de mamãe. Quando papai chegou do trabalho, contei-lhe: "Marido, acauã cantou três vezes e seu canto era muito triste". Rosto de papai abriu-se num sorriso, e ele me disse: "Mulher, alegra-te em teu coração, porque vais ter um filho!". "Como sabes?", indaguei-lhe. Ele disse: "Sonhei que a gente se banhava no rio e uma cobra entrava em teu ventre, de onde se ouvia um choro de criança". Estranho, muito estranho o sonho de papai. Eu não quis acreditar, então ele me tomou nos braços e correu comigo que nem louco para o rio, e, ali mesmo na praia, rolando de alegria, as estrelas olhando pra gente lá de cima, nós te fizemos. Quando nasceste, a vida de papai e mamãe se clareou. Mesmo quando adoecias, éramos felizes, e mais felizes ficamos quando teu cãozinho chegou trazendo-te alegria. Ham? Queres ouvir como o cão apareceu? Já te contei isso tantas vezes, mas, se queres, conto de novo...

Só depois que a mulher terminou de contar a história do estranho aparecimento do cão é que entrei na cabana. Na rede, juntos com a mulher, ainda estavam o pássaro e o cão.

– Mulher, o menino não está mais dentro do caixote! – exclamei, não suportando o peso da descoberta.

– Nunca esteve! – disse ela.

– Mas o enterrei! – disse eu.

– Sonho mau que tiveste, marido; o menino não morreu, foi levado para o céu, mas voltou – tornou ela.

– Sabes que isso não é possível, pois, assim como a nuvem se dissipa e passa, aquele que desce ao sepulcro não subirá nem voltará mais à sua casa, nem o lugar onde estava o conhecerá jamais – falei.

O pássaro e o cão ouviam atentamente a conversa.

– Não devias ter contado ao passarinho a história da serpente que entrou em teu ventre e lá dentro chorava; agora ele temerá as serpentes – disse eu.

– Aposto que não. Lembras de como o menino enfrentava as cobras?

Neste momento, como um pequeno raio, o pássaro voou para o terreiro e desapareceu, seguido pelo cão, que, desde o início, se comportava como seu fiel escudeiro.

A mulher se desesperou:

– Tu não o prendeste! Agora ele foi embora!

– Mulher, acorda! Nós somos de ontem, e somos ignorantes, pois os nossos dias sobre a Terra passam como a sombra. Nada aqui – nem esse pássaro, nem o cachorro, nem mesmo nós – é real. Afinal, o que é real? Tudo parece um sonho impossível, ou um pesadelo, que ninguém consegue evitar ou prender. Seria outra coisa a vida? Assim como desapareceu, o pássaro haverá de voltar – disse-lhe.

De longe, do centro da mata, chegou um grito de passarinho.

– Ouves? É ele! Logo vai voltar! – eu disse, saindo com a mulher para o terreiro.

Daí a pouco, o pássaro reapareceu batendo asas com muito esforço, pois, apesar de pequeno, carregava uma cobra no bico, largando-a tão logo pousou no terreiro. Tendo perdido a batalha inicial, a serpente enrodilhava-se sobre si mesma em posição defensiva, e o passarinho, tomando fôlego, arremessava-se sobre a presa com tanto ânimo e ousado desafogo que a serpente, ou por já pressentir tanta raiva, ou por prever o infeliz desfecho do combate, ou por se aterrar vendo tanto ânimo no adversário, desanimava-se e desmaiava, enquanto seu algoz assaltava a sua cabeça, furava-lhe os olhos e ouvidos com as unhas, com notável ódio, que me deixou perplexo.

– Como é atrevido esse passarinho! – exclamei.

– Pois era assim o nosso menino. Lembras? Não se atemorizava, por mais feia, grande e monstruosa que fosse a cobra – disse a mulher.

Em vão a serpente quis defender-se, já com a boca para o tragar, e já com a cauda e voltas para o açoitar. A ligeireza do passarinho não só declinava os golpes da cobra como igualmente não lhe dava lugar a usar das suas armas, nem tempo para proteger-se, cortando-lhe o passo para a fuga, e, para isso, investiu pela frente e logo se retirou para os lados, dando um vôo para o alto, para, com mais furor, descair sobre a presa, já a assaltando pelas laterais, já picando-a pela retaguarda, já nesta e naquelas abrindo brecha com seu bico, encravando-lhe as unhas no cachaço e abrindo sem demora as asas, ao mesmo tempo em que se enfurecia, encrespando as plumas, e, ao mesmo passo que com estas explicava o seu bravo ânimo, com aquelas ostentava a sua destreza, e forças, tanto em aparar nelas como escudo os golpes do inimigo, como também em fustigá-lo com as mesmas, enquanto as unhas e o boticão iam abrindo, despedaçando e dessangrando a cobra, de sorte que ela se deu totalmente por vencida, e morta. Arfando o peito, o passarinho afastou-se, deixando para o amigo cachorro (o qual, embora mobilizado, nem precisou entrar na luta) a honra de declarar sua vitória, o que ele fez correndo em torno da cabana com o resto da serpente preso entre os dentes, enquanto o passarinho, como que se dando os parabéns, desabafava numa grande cantilena que, ao mesmo tempo, servia de aplauso ao seu valor e de desafogo à sua fúria. A mulher chamou-o para si, mas, em vez de atender-lhe, carregou sua presa para o alto de uma árvore, onde construiu o seu ninho, em torno do qual dependurou a cobra, que foi seu sustento por vários dias, vindo outras cobras juntar-se à primeira, como troféus de suas vitórias. E tal era o medo das serpentes e a antipatia que tinham entre si, que bastava ouvirem cantar o passarinho para dele se esconderem ou fugirem.

Embora ainda relutasse em admitir, eu já simpatizava muito com o passarinho. Quando queria me divertir, trazia do mato uma cobra e mostrava ao danado, que logo investia contra ela. Se já vinha morta, era mais breve o espetáculo, mas ele sempre se armava, com a maior valentia, trunfando as penas do pescoço e eriçando a felpa da barriga. Depois, inerte o oponente, vendo-se logrado, voltava-se contra mim; então, soltando uma gargalhada, oferecia-lhe grãos de milho, e o passarinho não resistia ao mimo, pondo-se a comer, já subindo pelo meu ombro, onde com a maior desfaçatez soltava um jato de fezes e voava, elevando-se no ar, de onde gozava o feito chiando, gritando, batendo ruidosamente as asinhas, levando-me às lágrimas de tanto rir.

À distância, a mulher e o cão assistiam às nossas estripulias. O coração da mulher ficava feliz, era bom ver o marido brincando com o seu "menino". Os olhos do cão brilhavam de contentamento, gostava de ver seu dono alegre com seu amiguinho, pois, como as crianças, as mulheres e os loucos, o cão conseguia ver o que se ocultava nas aparências. "Lá está o menino!", pensava o animal, não sentindo ciúme nem mesmo quando eu convidava o outro para ir comigo ao trabalho, à caça ou à pescaria, ficando o pássaro já muito tempo em minha companhia, ora em brincadeiras, ora a observar-me enquanto eu trabalhava, atento aos rumores da mata, como se quisesse me proteger. A cada dia ele revelava um novo talento, como, por exemplo, o de adivinhar acontecimentos, como naquela tarde quando, na volta do trabalho, enquanto eu ruminava meus pensamentos e conversava com as vozes que às vezes me falam, ouvi o pássaro, que voava à minha frente, dizer-me: "Desvia-te daquele tronco, pois uma onça lá te espera!". "Deixa de besteira, pássaro danado!", respondi-lhe, e prossegui meu caminho, mas, estacando no ar, ele de novo gritou, barrando-me a passagem: "Desvia-te do tronco, senão a onça te pega!". E tanto insistiu, que me desviei, o suficiente para ver no lugar indicado a fera que me aguardava. Ultrapassado o perigo, com o pássaro pousado em meu ombro, voltei para casa.

– Crês agora que ele é nosso filho? – indagou a mulher.

– Não sei... mas, que ele é estranho, isso é – respondi.

– Ele sempre foi assim. Lembras da vez que ele desapareceu?

– Sim, lembro.

Pois, senhor, com apenas três anos, o menino tinha o costume de passear pela praia e atirar em camarões e peixinhos com arco e flecha; um dia desapareceu. Dando pela falta, eu e a mulher procuramos pela beira do rio, mas só encontramos a camisa do menino enganchada num pau junto ao trapiche.

– Ele se banha nalgum lugar – eu disse, a fim de acalmar a mulher, que, sentada numa pedra, chorava.

Por muito tempo chamei pelo menino, mas este não aparecia. Então a mulher prometeu a Deus que seria sempre boa e fiel se pelo menos uma mãozinha ou um pé do menino aparecesse. Durante dois dias o procuramos. No terceiro dia o encontramos nuzinho em cima de umas tábuas. Ansiosos, corremos para ele.

– Onde estiveste esse tempo todo? – perguntou a mulher.

– Não sei, mamãe – disse o menino.

E, em casa, enquanto a mulher limpava e aquecia o fedelho, não houve jeito de arrancar-lhe outra resposta. Três dias mais tarde é que falou. Tinha ido "ao fundo".

– Mamãe, papai! Tudo lá é muito bonito e tem muito povo – disse ele. – Convidaram-me para ficar, ofereceram um cigarro bonito, todo pintado, e disseram que se eu provasse da comida gostosa que tem lá, não voltava mais; mas tive pena de ti, mamãe; tu choravas muito e me chamavas, por isso voltei.

– Tu lembras daquela vez que adoeci? – perguntei à mulher.

– Lembro sim.

A ida ao fundo estava quase esquecida quando caí doente e fiquei tão grave que parecia que ia morrer, pois nem banho de ervas cheirosas, nem chá de cascas preciosas, nem ungüentos fedegosos eram capazes de expurgar o malefício. Certa tarde, pressentindo que me perdia, lágrimas sentidas chorava a mulher, quando o menino começou a rir, ria tão alto e sem cessar que ela teve ímpetos de o esganar.

– Que modos são esses, menino! Não vês que teu pai está morrendo?! – ralhou ela.

– Ainda lembro do que ele disse.

– Ele disse que tu não ias morrer. Pois em seguida o menino deixou a casa e foi para o mato, de onde voltou com umas ervas desconhecidas. "Mãe, faz chá e dá para ele", disse-me o menino, e pouco depois saraste.

– Tens razão, mulher; esse pássaro se parece com nosso filho; quero que ele more perto de nós – disse eu, preocupando-me, pela primeira vez, com a sorte do pássaro.

Mas em vão retirei o ninho do ramo da árvore e o coloquei na cumeeira da casa, pois não houve dengo nem mimo que fizesse o pássaro aceitar o novo lugar. Com incrível rapidez, o malandro refez o ninho no cume da árvore, de onde, com seus olhinhos brilhantes e sagazes, como que pintados, dominava todos os movimentos; quando a noite se aproximou, pôs-se a cantar de um modo tão triste que eu e a mulher sentimos um aperto no coração.

– Por que canta assim? Sua cantiga é quase uma fala – disse a mulher.

– Entendes o que ele diz? – perguntei.

Neste momento, senhor, ouvi o pássaro dizer:

– Não te zanga comigo, papai!

Então – pasme! – eu lhe disse:

– Não fica triste, passarinho, pois já gosto muito de ti.

– O que disseste? – estranhou a mulher, vendo-me falar sozinho.

– Disse que já gosto muito dele.

– Será que ele entende?

– Claro que sim, toma conhecimento até do que a gente pensa, sem precisar de palavras.

– Papai gosta mesmo de mim? Estou tão só – falou de novo o pássaro.

– Também ouço o que ele diz! – exclamou a mulher, com o rosto obscurecido pelas primeiras sombras da noite.

– Chama ele pra perto de nós, quem sabe te atende – eu disse.

– Vem cá, filho do meu coração! Desce aqui! – chamou a mulher, mas o pássaro continuou lá em cima.

– Mamãe, papai, vocês gostam mesmo de mim? –

tornou a perguntar.

– Te amamos muito, meu filho. Desce daí! – tornou ela.

– Papai não gosta de passarinho – choramingou.

– Papai gosta sim de passarinho, vem pra junto de nós! – disse eu.

Mas o pássaro não veio. Lá no alto continuou a chorar, e seu choro entristecia o mundo.

Envolvidos pela escuridão e unidos pelo mesmo infortúnio, eu e a mulher voltamos à cabana. Lá de fora, o choro do passarinho pouco a pouco se transformou em lamento. Sentado na rede, na penumbra, eu olhava a parede da cabana, mas, em vez de palhas, via apenas um ponto escuro, profundamente escuro, onde minha alma mergulhava.

Enquanto a mulher preparava o alimento no fogão, retrocedi a um tempo tão antigo que julgava para sempre esquecido. Sobre uma rocha, no meio de um rio de águas turvas e profundas, cujo nome eu não sabia (ou não queria lembrar?), um menino tiritava em noite fria e tempestuosa. Enquanto as águas subiam, o menino gritava por socorro, mas estava irremediavelmente só; ninguém, nem mesmo o pai, por quem ele tanto chamava, podia ouvir o seu grito, pois fora tragado pelas águas. "Mamãe! Mamãe!", gritava o menino. Uma voz de mulher, lá do fundo, respondeu: "Desce aqui, meu filho!". Criando coragem, o menino soltou-se da rocha e foi levado pelas águas, mantendo-se à tona até quando lhe permitiram os bracinhos. "Vem cá, filho!", insistia a voz. Já sem forças, o menino desceu ao fundo, onde a mulher o aguardava com os braços abertos. O corpo dela era frio, e a pele amarelada e lisa era como cera. "Te esperei tanto!", disse ela, beijando-o, mas seus lábios eram gelados como pedra. O menino encolheu-se, e em vão tentou afastar-se, pois com os olhos faiscando e a voz cortante a mulher lhe disse: "Serás para sempre meu!". Ao acordar-se, no dia seguinte, os enternecidos olhos da mãe, que velara o sono do menino a noite inteira, pousavam sobre ele.

Depois do jantar, eu e a mulher ficamos em silêncio, ouvindo apenas a voz de nossos próprios pensamentos. Às vezes nos entreolhávamos, calados, pois nem precisávamos dizer o que víamos em nossos olhos. Exausta, depois de um dia que parecia interminável, a mulher apoiou a fronte sobre o meu peito e logo ressonou, mas só parei de alisar seus cabelos quando ela pareceu ter mergulhado definitivamente no sono. De repente, ouvi o grito do pássaro. Já levando a mão à parede da cabana, onde estava a espingarda, levantei-me e saí para o terreiro. "Passarinho dorme de noite, que diabo ele está querendo?".

Inquieto, o cão deixou o buraco que lhe servia de cama e seguiu-me; o pássaro havia se calado. Do meio do terreiro, sondei os rumores da mata. Não fosse a cantilena das aves noturnas e o silvo das serpentes, que àquela hora deslizavam pelo chão e pelas árvores, o silêncio seria absoluto. Em seu ninho, o pássaro estrilou de novo seu alarme. "Que diabo está vendo?", pensei, arrepiando-me. Então me voltei para o rio, a tempo de ver surgir, e levantar-se da água, sob um luar prateado, um vulto com feições de homem, virado para mim, assim ficando por algum tempo, até que, pressentindo-se admirado, deu-me as costas e mergulhou n'água como peixe. Acompanhado pelo cão, corri para o rio, encontrando apenas, no lugar em que a criatura havia desaparecido, um grande jacaré, que da linha d'água me observava. "Que homem que nada! Ando vendo coisas", pensei, aliviado. O pássaro tornou a gritar. "Passarinho não gosta de jacaré", disse eu, entrando na cabana, depois de enxotar o cão para o seu canto.

Na rede, a mulher dormia, mas parecia agitada, o que chamou a minha atenção, pois seus braços se abriam e as pernas se escancaravam, de início espaçadamente e a seguir amiúde, em ritmo por fim acelerado, torcendo-se e retorcendo, as órbitas dos olhos revirando-se, até que, num espasmo, seu corpo se contraiu; acho que cairia se eu não a segurasse. Quando a toquei, sua pele estava fria, e o ar se impregnava de certa fragrância, já bem conhecida, pois era a mesma que tinha a mulher na beira do rio quando a achei desfalecida. Desconfiado, procurei alguma coisa rente à mulher, mas só encontrei ar. Passos, como que em correria, soaram atrás da cabana. Eu não queria pensar no que já estava pensando, mas não consegui evitar a cólera que me tomava conta. Peguei a espingarda e, acompanhado de novo pelo cão, que ia à minha frente farejando, segui o rastro da fragrância, que nos levou até o rio. A poucos metros da água, ainda vi um vulto, ao que parece de homem, vestido todo de branco, que corria pela praia e logo caiu no rio. O jacaré que eu há pouco havia visto continuava lá, no mesmo lugar em que o vulto sumiu.

Aporrinhado, voltei à cabana, onde a mulher, aparentemente tranqüila, ressonava. Em vão tentei dormir. Então peguei meus apetrechos de pesca e desci novamente para o rio. Atento ao menor ruído ou movimento, fui deslizando em minha canoa até que a cabana e o cheiro ficaram para trás. Debaixo d'água e nas margens, os animais noturnos, como os jacarés, as cobras, os sapos e as corujas certamente espreitavam-me, quietos e temerosos, cientes de quão violento era o bicho que ia passando. Sob o manto da noite, a Terra dormia, enquanto a vida e a morte se entredevoravam.

Exausto, apoiei o queixo no cabo do remo e fechei os olhos, enquanto a canoa deslizava. Lá do fundo, onde a abóbada celeste se invertia, vi subindo muita gente – homens, mulheres, meninos... De longe, muito longe, chegavam-me vozes, gemidos, lamentos... Apavorado, pus-me a remar. "Se me alcançam, emborcam a canoa", pensei, enquanto remava, remava, remava... Mas aqueles seres, com seu pranto, estavam cada vez mais próximos. Já perto de alcançarem o fundo da canoa, vi que os corpos, de um e outro sexo, pois estavam todos nus, vinham em pé, mas apresentavam-se petrificados, sendo de especial admiração algumas do sexo feminino com criancinhas nos braços. Vendo que iam afundar a canoa, em vão saltei para terra, pois logo me alcançaram e comigo abraçaram-se, de maneira tão apertada que, quebrando-me as costelas, me mataram, e, em seguida, vendo-me caído e morto, choraram e lamentaram com grande pesar, como se o arrochado abraço não fosse efeito de ódio, mas expressão de amor.

O pranto daquela gente era muito triste, vinha do fundo da alma. Se Deus existisse, o escutaria. Já me sentindo como eles, isto é, morto, abri os olhos e vi, na água, uma criatura estranha, meio homem meio peixe, com um buraco no centro da cabeça. Ao invés de ignorá-la, como se deve fazer diante de um ser encantado, bati o remo na borda da canoa e fiquei a observar a criatura, que se pôs a rondar a embarcação, até que lhe sentei o remo no lombo, fazendo-o desaparecer no fundo do rio, mas logo reapareceu atrás de mim. Como se alguém me tivesse empurrado, fui atirado à água e só com muito esforço voltei à canoa. "Filho de uma porca! Deixa em paz a minha mulher!", gritei, descarregando a espingarda na criatura, manchando-se a água de sangue.

Voltei para casa, mas já não era o mesmo. O corpo doía, a cabeça pesava; um calafrio, seguido de repentino calor, provocava-me suores. Com a cabeça fora d'água, negro e impassível como uma ponta de pedra, continuava o jacaré, no mesmo lugar. "Será o mesmo? Ou será outro? Ou nem é um jacaré?".

No quarto mal iluminado pela lamparina, a mulher parecia dormir tranqüila. Acomodei-me na rede, mas não adormeci. Passado, presente e futuro misturavam-se em minha cabeça.

Impaciente, levantei-me e sacolejei a rede da mulher. Quando ela abriu os olhos, perguntei:

– Que diabo fazias remexendo-te daquele jeito?

– Ham... O que dizes? – estremunhou ela.

– Lembras do que sonhaste inda agora?

– Não foi sonho, marido; tudo aconteceu de verdade – respondeu ela.

– Posso saber?

– Pois sim, quero mesmo te contar, mas sinto vergonha.

– Besteira! A mulher não deve ter segredos para com seu esposo. Conta!

Sentando-se na rede, ela contou:

– Tu estavas no mato com o cachorro, quando ele apareceu pela primeira vez. Tudo era alegre, macacos pulavam nos galhos das árvores, papagaios e araras passavam em bandos, eu estava despreocupada, pois não tenho medo de ficar sozinha quando vais trabalhar, mas, naquele dia, ao sair pro terreiro, senti uma coisa estranha, olhei para o rio e de repente percebi que, lá longe, a corrente de água trazia alguma coisa, que se aproximava do porto. Então distingui as formas de um homem, que vinha sentado sobre o seu cabelo comprido, como em uma canoa, e assim deslizava sobre as ondas. Entrei na cabana e daí, através dos buracos da parede de palhas, vi quando o homem se levantou das águas, como que sobre si mesmo, e veio andando pelo terreiro. Jovem era ele, seus cabelos anelados e louros, a pele branca, se bem que um pouco amarelada, e as mãos, que pareciam de moça, de tão finas, como finas eram suas feições. Ele vestia calça e camisa de linho, e um par de sapatos de couro, que brilhava em seus pés e parecia enxuto, o que me intrigou muito (pois o jovem não havia saído das águas?). Um cheiro gostoso saía de seu corpo. "Quem será? Cuida bem do que fazes e não te fies em rapazes", disse para mim mesmo, pois não era ninguém que eu conhecia. "Ei de casa!", gritou ele. Como eu continuasse lá dentro, o visitante prosseguiu: "Podes sair, não tenhas medo!". Só então me mostrei na porta da cabana. "Como és formosa, jovem donzela, mais formosa que a flor da romã!", saudou-me o jovem.

– Filho de uma cadela! Se te pego! – imprequei eu, senhor, fechando os punhos. – E o que lhe disseste, mulher?

– Agradeci o elogio, mas acrescentei: "Senhor, nem formosa nem donzela sou, já passei dos trinta e tenho marido".

– E o que mais te disse o safado?

– Ele disse: "Eu sei, eu sei...". Disse isso de um jeito tão curioso, que lhe perguntei: "Como sabes?".

– Ora, minha princesa, eu venho de rodear a Terra e passear por ela, pois tudo aqui me pertence – disse ele, apontando o rio e a mata.

– Mente bem quem de longe vem – disse eu. – Pois dono de tudo é Deus, o criador!

– Pois sim, princesa. Ele criou, mas a Terra depois me foi entregue.

– Brincas, pois és apenas um homem, e os homens voltam ao pó de onde vieram.

– Bem vejo que desconheces o versículo do Apocalipse, o que também me convém, pois não deves saber tudo. Por ora apenas recebe estes presentes que te trouxe.

– Claro que é o mesmo safado! – eu gritei, senhor, e disse mais à mulher: – Não é isso que diz o Apocalipse?:

"E precipitado foi o grande dragão, a antiga serpente, chamada o Diabo, e Satanás, que engana todo o mundo; ele foi precipitado na Terra, e os seus anjos foram lançados com ele".

– Sim, marido, mas o jeito como ele apareceu e a sua fala mansa deixaram-me tão nervosa que nem atinei no que ele dizia. Tudo era tão real e ao mesmo tempo tão estranho, que já nem sabia se estava acordada ou se dormia.

– E quais presentes ele te ofereceu?

– Uma caixinha de pó, uma escova, um vestido transparente, de puro linho, e um espelho.

– Sabes que dádiva de ruim a seu dono se parece? O que lhe disseste?

– Disse que não podia aceitar os presentes, pois meu marido ia se zangar.

– E o que ele disse?

– Ele disse: "Não te preocupa. Os presentes são encantados e teu marido não sabe ver o invisível. Além disso, sem más intenções os ofereço".

– Mas não acho certo uma mulher casada aceitar presentes de estranhos.

– Acontece, princesa, que não sou um estranho; a toda hora te acompanho, principalmente quando estás só, ou nas tuas noites de insônia, ou na intimidade do teu banho; tão íntimo te tenho sido que nem me notaste – continuou ele, com a voz ciciada, tão suave que nem parecia voz, mas uma turbulência de ar que saía de seu corpo.

– Nunca te vi antes! – eu lhe disse.

– Mas estamos sempre juntos – replicou ele.

– Esta conversa está ficando estranha; é melhor que desapareças com os presentes, pois o meu marido não tarda.

– Não precisas me avisar, sei exatamente quando ele vai chegar. Pega já meus presentes, a boca que diz não também diz sim, sei que estás louca para usá-los!

– Meu marido se zangaria.

– Ele não os enxergará.

– Duvido! Ele é ótimo caçador, enxerga tudo.

– Tudo, menos o que escondes no teu pensamento.

– Não! De um sim e de um não nasce toda a questão. Não quero os teus presentes!

– Que pena, realçariam a tua beleza... Pelo menos experimenta; teu marido ainda vai demorar – insistiu ele, estendendo-me as coisas, menos o espelho, que conservou consigo.

– E o que disseste ao malandro?

– Disse que ia experimentar os presentes, mas logo os devolveria.

– Por que fizeste isso?!

– Não sei, marido; já dei por mim dentro da cabana, de onde voltei adornada com as coisas.

– Os presentes caíram-te muito bem – disse o jovem, estendendo-me também o espelho, no qual, segundo ele, ninguém tinha se mirado. – Vê como a tua natural beleza foi reforçada – completou.

– Mas não pegaste o espelho, não foi?!

– Oh, marido, aceitei sim, pois até então a lâmina do rio tinha sido o meu único espelho! "Oh, como estou bonita!", acabei exclamando, mas logo pensei que não ia me perder pelas bugigangas. Em voz alta, recitei: "Sê fiel até a morte e dar-te-ei a coroa da vida". Então me disse ele:

– Já que recitas a Bíblia, saibas que ninguém a conhece melhor do que eu, pois eu próprio estou em suas páginas. Por isso te digo que não é pecado receber presentes. No Gênesis, por exemplo, Jacó separa das coisas que tem, presentes para o seu irmão Esaú: duzentas cabras, trinta camelas com suas crias, quarenta vacas, e vinte touros, vinte jumentas e dez das suas crias. O próprio Jeová, pela boca do profeta Malaquias, diz que desde o nascente do sol até o seu poente, e em todo lugar, fará fumaça sacrificial, far-se-á oferecimento em seu nome, sim, um presente limpo, porque seu nome será grande entre as nações. E Gedeão disse ao anjo do Senhor: Não te vás daqui antes que eu volte, trazendo um sacrifício e to ofereça. E o anjo respondeu: Eu esperarei a tua volta. Gedeão então foi à sua casa, cozeu um cabrito e pães asmos duma medida de farinha, pôs a carne num cesto, e, deitando o caldo da carne numa panela, levou tudo ao lugar debaixo do carvalho e lhe ofereceu. Ó mulher orgulhosa, por que não aceitas os meus presentes, se Esaú, o anjo e o próprio Deus receberam?

– Porque a mulher digna não aceita presentes sem a ciência do marido – respondi.

– Ó mulher virtuosa, teu excessivo zelo já é pedra de tropeço. Acaso crês que teu marido te é inteiramente sincero? Todo ser tem lá seus segredos, por que só tu não poderias tê-los?

– Mas o apóstolo disse: "Quem é fiel no mínimo, no

muito também é; e quem é injusto no mínimo, é também injusto no muito". Se eu ocultar algo ao meu marido, por mínimo que seja, infiel estarei sendo – retruquei.

– Está bem, não insistirei, devolve os presentes – disse-me o jovem.

– E tu devolveste, não foi, mulher? – perguntei, ardendo de ciúme.

– Assim quis, marido, pois a cabeça dizia: "Devolve as bugigangas", mas o corpo as retinha. Pensando em retirar as coisas, cheguei a entrar na cabana, mas reapareci com elas.

– Ó mulher infiel! – exclamei, com amargura.

– Fraca fui, não nego, mas me perdoa, marido!

– Ó princesa, então ficas com os presentes? Não te censures. Os homens fazem as leis, as mulheres os costumes – disse-me o jovem.

– Fico, mas sei que erro – respondi-lhe.

– Teu erro é tão ínfimo que nem pode ser levado em conta.

– Ai de mim!

– Teu marido só os verá no dia em que te flagrar com outro homem.

– Isso nunca vai acontecer, pois o amo!

– Não duvido.

– Nesse instante, marido, o moço ficou em silêncio, escutando os rumores da mata. Do galho duma árvore, um pássaro gritou, como que o avisando. "Tenho que ir, teu marido está chegando", disse-me o moço. Olhei para a boca do caminho, onde tu devias aparecer, e, quando me voltei, ele havia sumido, ficando apenas aquele seu cheiro.

– Covarde! Por que não me esperou?!

– Ele disse que não gosta dos maus, pois já lhe pertencem; prefere os bons, e se diverte com estes, tentando-os.

– Ele te apareceu outra vez?

– Sim, mas tenho vergonha de contar.

– Vergonha do quê?

– Das coisas erradas que acabei fazendo.

– Que coisas?

E a mulher contou a segunda aparição do jovem galante.

Como da primeira vez, o moço veio pelo rio, como que remando sobre os seus próprios cabelos. As vestes e o sapato eram igualmente extravagantes. Enquanto ele subia do porto, a mulher olhou-se no espelho e se penteou. Do terreiro, ele nem precisou chamar, como da outra vez, pois ela já o aguardava na porta da cabana. Ele foi logo dizendo, meio ciciado, enquanto, repentino e desenvolto, enlaçava-a com os braços, beijando-a e fazendo carícias:

– Ó formosa mulher, fiz promessas pela tua saúde, por isso voltei ao teu encontro, desejando rever-te. Não longe daqui, debaixo duma árvore bonita, fiz a minha cama sobre cordões, e a cobri com colchas bordadas num país mui distante, chamado Egito. Perfumei a minha câmara de mirra de aloés e de cinamomo. Vem já, embriaguemo-nos de delícias, e gozemos dos abraços desejados, pois teu marido foi caçar e só voltará quando amanhecer o dia.

– Mas resististe, não foi, mulher? – acabei

perguntando.

– Oxalá tivesse resistido. Que vergonha, marido! Ainda lhe disse: "Mais vale boa fama, que dourada cama". Mas, em seguida, vi-me seguindo-o como um boi que é levado ao matadouro, como um cordeiro que vai para a morte saltando, ou o néscio que é arrastado para uma prisão, até que uma seta lhe trespassa o coração, como a ave que apressada corre para o laço sem saber que se trata do perigo de sua vida. Triste sorte de todas as vítimas, o moço meteu-me assim na cama com os seus longos discursos, e arrastou-me com as lisonjas dos seus lábios. Entre o desejo e a privação, aguilhoada pelo remorso, veio-me o provérbio de Salomão: "Ouve-me, pois, agora, minha filha, e estejas atenta às palavras da minha boca. Não se deixe arrastar o teu espírito pelos caminhos desta mesura de homem, que, na verdade, é o Diabo, nem lhe sigas seduzida as veredas, porque a muitos feriu e derrubou, e os mais fortes foram mortos por ele; a sua casa é o caminho do inferno que penetra até às entranhas da morte". Larga-me, satanás! Não me faças cair em escândalo nem pecar contra a doutrina de meu Senhor! – gritei-lhe, saltando do leito, para onde ele havia me conduzido.

– A qual doutrina te referes? – perguntou o jovem.

– Ao sétimo mandamento divino: "Não adulterarás" – respondi-lhe.

– Isto, minha querida, está na lei de Moisés. Cristo trouxe novo mandamento, que assim se resume: "Ama a Deus com todas as tuas forças e ao próximo como a ti mesmo".

– Não toques no santo nome de Deus em vão! Desde que resolveste ser maior do que Ele, já não o serves, mas ao teu ventre. Com palavras doces e adulações pretendes enganar o coração de uma pobre mulher!

– Não te zangues, minha flor, pois negas o teu corpo mas me desejas em pensamento. Ah, se ainda fosses donzela, seduzir-te-ia com facilidade e dormiria contigo, depois te daria um dote; não remediaria o mal te tomando por minha mulher, como prescreve o Êxodo, pois, precisando vistoriar os meus domínios no mundo, não posso me casar, mas te compensaria o hímen com um dote maior, tudo então se resolvendo.

– Descarado! Por que não me esperou? – disse eu, quase gritando. Pois se imagine o senhor, em meu lugar, ouvindo tais coisas de sua mulher.

A mulher ainda teria retrucado:

– Tropeço, sim, em pensamentos que não poderia ter, mas não te entregarei meu corpo. A mulher deve ser fiel ao marido, pois disse o apóstolo: "Por causa da fornicação, cada homem tenha a sua mulher, e cada mulher tenha o seu marido. O marido dê à sua mulher o que lhe deve, e, da mesma maneira, também a mulher ao marido". Bem sabes que não tenho poder sobre o meu corpo, mas sim o meu marido; da mesma maneira, meu marido não tem poder sobre o seu corpo, mas sim eu, sua mulher.

– O apóstolo também disse – arrazoou o jovem: "Não vos defraudeis um ao outro, senão de comum acordo, durante algum tempo, para vos aplicardes à oração; e de novo tornai a coabitar, para que não vos tente satanás por vossa incontinência". Ora, teu marido te deixa muito sozinha, à míngua de carinho.

– Isto é verdade – tive de concordar, marido. – Dias inteiros tenho ficado só, nesta cabana, tendo apenas o cão por companhia.

– E não é para orar que teu marido se ausenta, mas por amor ao trabalho, que para ele se tornou mais importante do que tu. Não te censures pela ânsia que te abrasa, minha flor.

– Então, apegando-me com Deus, recitei comigo estes versículos: "O homem iníquo seduz o seu amigo e o conduz pelo mau caminho" (...) "Senhor, não me deixa cair em tentação, mas livrai-me do mal" (...) "Meu filho, se os maus te atraírem com os seus afagos, não condescendes com eles" (...) "Vigiai e orai, para que não entreis em tentação. O espírito está pronto, mas a carne é fraca". Então a mão dele, que segurava o meu braço, soltou-me, e eu falei bem alto: Deixa-me, satanás!

– Temes não resistir às minhas tentações? – provocou ele.

– Temo, sim, mas não me afundarei na lama do pecado, porque Deus está comigo, sua vara e seu cajado me consolam – falei com firmeza.

– Tens razão em pôr-te de guarda, como aconselhou o apóstolo: "Aquele, pois, que crê estar de pé, veja não caia". Mas o mesmo apóstolo disse: "Ainda não vos surpreendeu nenhuma tentação que não fosse humana; e Deus é fiel, o qual não permitirá que sejais tentados além do que podem as vossas forças, antes fará que tireis ainda vantagem da mesma tentação, para poderes suportá-la". Assim, pois, não se deve temer a tentação.

– Falas bonito, mas está escrito que o homem não deve brincar com as coisas das trevas; a tua luz cega e conduz à perdição – retruquei-lhe.

– Calma, princesa! Toma um pouco de vinho e verás que não sou nenhum bicho de sete cabeças – disse-me ele, retirando uma garrafa que estava debaixo da camisa e, depois de rápido movimento de mãos, estendeu-me o vinho já dentro de uma taça. – Bebe! – ordenou.

– De fato, és muito hábil, mas não beberei do teu vinho. Conselho de vinho é falso caminho. Deus é inimigo dos beberrões – disse-lhe.

– Dos beberrões, sim, mas não dos que bebem moderadamente – ponderou o jovem. – Cristo deu-nos o exemplo quando, no casamento de sua irmã, transformou água em vinho, e ele próprio tomou do vinho. Bebe, só te fará bem! – disse ele, estendendo a taça à mulher.

– Não, não beberei! O corpo deve continuar são, pois é o templo do Espírito Santo – resistiu ela.

– Ora, princesa, não foi Cristo quem disse: "O que sai do homem é o que avilta o homem, e não o que entra"? Com isto, declarou puros todos os alimentos, inclusive o vinho.

Veja, senhor, que lábia tem o ladino.

– Sim, o que sai do homem é que o contamina; entretanto, já que conheces a Bíblia melhor do que eu, nem preciso te dizer quais as coisas que contaminam o homem – disse ela.

– Poderias me dizer que coisas contaminam o homem? – insistiu ele.

Então ela falou:

– Os maus pensamentos, os furtos, as fornicações, os homicídios, os adultérios, as avarezas, as perversidades, as fraudes, a inveja, a maledicência, a soberba, a loucura e a libertinagem. Tais coisas contaminam o homem.

– Como vês, princesa, beber vinho não está nesta lista!

– Entra na libertinagem.

– Que exagero, minha santa! Libertinagem é devassidão, desregramento, licenciosidade. Não é pecado tomar um golezinho de vinho. Ao contrário, cumprem-se as Escrituras, pois está escrito: "Amortecei, portanto, os membros do vosso corpo que estão na terra".

– Como é finório, o malandro! – rosnei.

– Caviloso és, ó pai da mentira, pois, ao escrever tais palavras, o apóstolo não disse aos cristãos que se embebedassem, mas se afastassem da fornicação, da impureza, da lascívia, dos desejos maus e da avareza – retrucou-lhe a mulher, mas o jovem não se deu por vencido.

– Ora, querida, não te zangues comigo, que só quero o teu bem. Dizes tais coisas porque te aflige o conflito da carne com o espírito. Um gole de vinho te faria bem, verias tudo de outra maneira. Experimenta! – ordenou, estendendo-lhe de novo a taça.

– Mas tu não bebeste! – repeti.

– Perdoa-me, marido, mas fraquejei. Acabei dizendo: "Está bem!". E, pegando a taça, levei-a aos lábios.

– Isto, minha bela, assim é que se faz! Tudo agora

será mais fácil – exultou ele, enquanto eu engolia o vinho.

– E depois, o que aconteceu?

– Comecei a sentir que o mundo estava ao mesmo tempo dentro e fora da minha cabeça; eu não olhava o mundo, não me colocava diante dele; era como se o mundo se transformasse continuamente em mim mesma; tudo parecia rodopiar e se invertia, o certo parecia errado e o errado virava certo, o medo se fazia coragem, e a coragem, covardia. Abandonei-me nos abraços do jovem, como se já não pudesse viver de outro modo – disse a mulher.

– Desgraçada! Desconheço-te! – bradei.

– Sei que sou vil, a pior das mulheres! Perdoa-me, marido! – clamou ela, com voz contristada.

– Continua! – pedi-lhe.

– Ele me disse: "Agora já podes saber quem eu sou. Olha no espelho". Eu olhei, e quase morro de susto.

– O que viste?

– Vi uma criatura horrenda, de sete cabeças!

– A mesma que te levou para o fundo, não foi?

– Sim, mas então eu não sabia, pois era a primeira vez que a via; seu aspecto terrível gerou-me repulsa, mas ao mesmo tempo parecia uma maravilha que eu devia regozijar de contemplar e ouvir. "Não temas, pois a riqueza e a verdadeira felicidade são acessíveis apenas aos que conseguem olhar-se no espelho da vida. Eu sou teu senhor, tu me pertences, mas vim para te libertar e não para exercer meu domínio", cochichou ele no meu ouvido, e, nesse instante, compreendi que poderia fazer comigo o que quisesse.

– E o que ele fez?

– Oh, marido! Que opróbrio relatar a minha própria torpeza!

– Já que me traíste, tenho o direito de conhecer em detalhes a tua perfídia. O que ele fez? – insisti.

– Ele disse: "Guarda o espelho e olha-me". Eu obedeci e apareceu na minha frente o mesmo jovem, que me disse: "Não é curioso que um Ser possa assumir mais de uma forma? Entretanto, mais espantoso é que possa estar em dois lugares ao mesmo tempo. Fecha os olhos". Tendo eu fechado os olhos, falou-me: "Repete em silêncio esta frase, até não ouvires mais a voz do teu pensamento: sou espírito, não tenho mais corpo". Sentindo as suas vibrações em minha pele e aspirando o seu perfume, repeti aquele pensamento até que me senti esvaziada por dentro. Então, de muito longe, sua voz chegou-me: "Abre os olhos". Quando abri, tudo havia crescido desmesuradamente diante de mim, já que eu era agora uma planta e enxergava o mundo do rés do chão. "Aquela que ali dorme ao lado do marido está morta", disse-me ele. "Como, se ainda respira?!", retruquei. "Ainda assim está morta, pois, ter nascido deste mundo, não é isso a morte? Vê como serias no translúcido mundo do Eterno Jardim", disse ele, gravemente, sem deixar o lugar onde estava, e começou a fazer movimentos de juntar grandes punhados de matéria invisível da atmosfera circundante. Daí a pouco, um fraco nódulo de vapor pôde ser visto, tomando vagarosamente a forma e a cor de uma mulher, na qual a plantinha à toa que eu era se transformou. "Assim é que te quero, mais esplêndida em cor e mais intensa em beleza, como um espírito humano glorificado é mais formoso do que sua cápsula física. Vem comigo, deitemo-nos ao lado do teu marido, pois, como disse o apóstolo: Em amor fraternal, tende terna afeição uns para com os outros", disse o jovem, já me arrastando. Ainda lhe disse: "Seja o vosso amor sem fingimento. Aborrecei ao mal, agarrai-vos ao que é bom". Entretanto, ele não me deu ouvidos; fez-me deitar com ele ao teu lado, marido; acho que desmaiei, pois não me lembro do resto.

– Pois te conto – disse-lhe eu. – Tu te remexias e gemias, só isso. Essa história de jovem galante e dragão só se passa em tua imaginação enfermiça.

– Assim fosse, marido.

– Pois assim é, e não se fala mais nisso!

Vendo que a mulher havia voltado a dormir, saí para o terreiro, iluminado fracamente pelo luar. Lá do seu ninho, rodeado de esqueletos de cobras pendurados nos ramos como se fossem cordões, o pássaro piou. "Esse passarinho tem cada mania", pensei, pois não compreendia o ódio que ele sentia pelas cobras. Quebrando a aparente quietude da noite, ouviu-se lá do rio um forte baque, como se um corpo tivesse despencado sobre a água. Arrepiei-me. O cão, que dormitava em seu canto, latiu e correu para o rio, mas, nada encontrando, retornou para perto de mim.

– Vai dormir, cachorro! – ordenei-lhe, entrando na cabana.

O cão obedeceu, mas continuou inquieto. Ao lado da mulher, decidi velar o seu sono até de manhã, mas estava tão cansado que, mal terminei de pensar, dormia. Dormia e acordava, acordava e dormia... tantas vezes que já não distinguia a vigília do sono. A respiração da mulher e a minha misturavam-se ao chiado da noite. Num pavoroso estertor, a Terra resfolegava. Preces, gemidos, lamentos e serpentes saíam de suas entranhas. Uma das serpentes, com feições humanas e corpo de cobra, arrastava-se pelo chão da cabana. "Preciso matá-la", pensei, mas em vão tentava levantar-me, pois, a cada tentativa, era a serpente que se movia.

Pelo resto da noite, senhor, a serpente se arrastou debaixo da rede da mulher. Quando esta acordou, viu que eu era a cobra, e se apavorou.

– Ninguém pode saber do que aconteceu, fujamos daqui! – exclamou, correndo já para o mato, onde, numa clareira, fez uma roça e aí passou a morar, em paz, com a cobra, até que, certo dia, estando sozinha em casa, ouviu uma voz de homem perguntar:

– Onde está teu marido?

– Foi caçar. O que queres de mim?

– Senti falta de ti – disse a voz, que a mulher logo reconheceu de quem era.

– Ai Jesus, protege-me! – suplicou ela.

– Segui teus passos até aqui – continuou o dono da voz, já diante da mulher.

– Deixa-me em paz, ó tinhoso!

– Paz é o que te ofereço, minha princesa, por isso quero te levar – tornou ele, olhando-a todo apaixonado.

– Sabes que meu marido se transformou numa cobra?

Se te encontra aqui te engole!

– Ilusão tua, minha flor; ele continua homem.

– Vai-te embora!

– Vou, mas antes quero ver teu marido, para certificar-me de que se transformou mesmo em cobra.

– Está bem, vou esconder-te de maneira que poderás vê-lo sem que ele te possa achar e fazer mal – concordou a mulher, escondendo o hóspede em folhas de bananeira. Para que não passasse fome, preparou-lhe comida.

Entrementes, anoiteceu, e o homem-cobra voltou para casa.

– Para quem preparaste esta comida? – indagou.

– Pra mim mesma – disse a mulher.

– Também quero comer alguma coisa – falou o marido.

A esposa preparou mais comida, ele comeu, e depois chamou a mulher para dormir. Então o intruso saiu de seu esconderijo, de onde viu a serpente, e deitou-se ao lado da mulher. Em seu sono, o marido falou e resmungou, conforme era seu costume, pois sua cabeça conservava a forma humana, com a boca de homem, enquanto o corpo era de cobra.

– Cuidado, ele pode se acordar! – cochichou a mulher.

As víboras vêem o invisível, o hóspede sabia disso, então voltou a esconder-se, só saindo do esconderijo pela manhã, depois que o homem-serpente partiu.

Horas ditosas teve o intruso, na ausência do marido. À tarde, quando este retornou, com uma porção de caça, avistou o outro deitado com a mulher. Fúria brava, humana, fez a serpente por um instante voltar a ser apenas homem. Então este pegou sua espingarda e deu um tiro na direção dos dois. Imediatamente o hóspede desapareceu e a mulher transformou-se em porca. Como que fora do meu corpo, eu via tudo acontecer.

– Como nos transformamos nisso? – perguntou a porca.

– Não sei, também queria saber – disse-lhe a serpente.

– É melhor esquecer, pois saber enlouquece – disse a porca.

– Loucura é continuar neste pesadelo – retorquiu o marido.

Assim conversavam quando, de dentro duma caixa, pendurada na cumeeira da cabana, um assobio despertou-os. A mulher subiu e desatou a caixa, abaixando-a. Ao abri-la, um menino pequenino e bonitinho saiu dela, rindo. A mulher alegrou-se e dormiu o resto da noite com o menino, enquanto a serpente se arrastava pelo chão. Ao acordar-se a mulher, o menino havia se levantado e passeava de um lado para outro. Ela fez comida e comeu com ele. Na noite seguinte, o menino já se tornou rapaz, pegou a flecha e saiu; quando voltou, trouxe peixe e caça. A mulher chamou-o para a sua rede e fez dele seu homem, e o "menino" emprenhou a mulher, nascendo-lhe um filho. Enfurecido, o marido teve ganas de devorar a mulher, só não o fazendo porque o menino, filho dela, furou-o com a flecha. No meu sonho, acordei, mas foi como se caísse noutro sonho, mais pavoroso que o primeiro, pois meus olhos, ao se abrirem, estavam sendo bicados pelo passarinho, com tanto ânimo e ousado desafogo, que não tive tempo para resistir ao adversário e desfaleci, enquanto o passarinho assaltava-me a cabeça, cegando-me por completo.

Quando voltei a enxergar, o sol já ia alto, mas a mulher, ao meu lado, ainda dormia. Levantei-me e, da porta da cabana, com os olhos doloridos, vi o passarinho enroscando em volta do ninho uma serpente que ele acabara de matar.

– Estranho, muito estranho é este passarinho – disse eu, voltando à cabana, onde encontrei a mulher de pé, assoprando o fogo; a pele das suas bochechas parecia uma folha fina e amarelada.

– Como estás? – perguntei, mas ela não respondeu, e continuou a assoprar. – Estás bem? – tornei a perguntar.

Afastando-se do fogão, com o olhar vazio, ela se pôs a cantarolar a mesma canção estranha.

– Como estás? – perguntei de novo.

Da porta da cabana, a mulher cantava olhando para o rio.

– Vem deitar, fico contigo – disse-lhe, incomodado, pois há dois dias eu não ia trabalhar.

Com o olhar perdido, a mulher desceu para o rio, obrigando-me a agarrá-la. Ela resistiu e, como possessa, jogou-se no chão, rolando e gemendo.

– O que fazes, mulher?!

– Deixa-me ir para o rio! – implorou a infeliz.

– Não há nada no rio. Por que queres ir lá?

– Lá ele me espera! – choramingou a coitada.

– Ele quem?

– Ele. Sabes de quem estou falando!

Tendo eu soltado a mulher, ela caminhou com surpreendente firmeza para o rio. Fui atrás dela, seguido pelo cão.

– Cão desgraçado, vai-te embora! – gritou ela, agitando os braços contra o cachorro.

– Deixa em paz o bicho! – disse eu.

– Ele vive me vigiando!

– Impressão tua, ele é nosso amigo, volta pra casa!

– Larga-me, marido! Vou pro fundo com ele! – disse a mulher, com voz esganiçada, e lançou-se dentro d'água.

Já lá no fundo, segurei-a pelos cabelos e arrastei-a desmaiada para a praia.

– Por que me trouxeste de volta? – perguntou ela, tão logo abriu os olhos. E continuou: – Aqui não presta, é tudo morto, lá é tão lindo, e ninguém sofre; ele me apresentou a uma moça bonita, filha da lua, que tem muitos filhos, mas não conhece a dor de perdê-los; a moça é feliz, sabe cantar e bebe chá de folha fina, só fuma cigarro de papel, não gosta de cigarro de palha; ele me chama, preciso ir.

Sentindo suas costelas nos dedos, empurrei a mulher para a cabana.

– Se te fores, quem vai cuidar do menino? – perguntei.

– E isso te importa? Nunca creste que o passarinho fosse ele!

– Pois agora creio. Precisas ficar logo boa para cuidar do menino.

Mas, senhor, nada parecia capaz de reanimá-la. Magra

e com a pele amarelada, a mulher ia definhando, não comia nem bebia, só ficava cantando, sempre a mesma cantiga. "Doente, muito doente está a mulher; não posso deixá-la", pensei. Aticei o fogo, fiz mingau, mas a mulher não quis beber; então assobiei para o pássaro, que logo se aproximou.

– Prova o mingau! – disse-lhe.

Esvoaçando sobre a cuia, o pássaro bicou três vezes.

– Viste? O menino quer que tu bebas – falei à mulher, cujos olhos, muito tristes, de repente brilharam. Aproximando o bico de sua face, o pássaro parecia pedir que se alimentasse.

– Ele te oferece, bebe! – eu disse.

Então a mulher, com a minha ajuda, levou a cuia à boca e engoliu um pouquinho do mingau, mas logo se desinteressou, voltando a entoar, pelo resto do dia, a estranha cantiga, até que, caindo a noite, o seu lamento misturou-se ao murmúrio da selva. Dentro da cabana mal iluminada pela lamparina, a mulher, eu e o cão assistíamos ao inexorável escoar do tempo. De vez em quando, como que retornando à vida, a mulher gritava para mim:

– Põe esse cão pra fora! Lugar de cachorro é no terreiro!

Mas eu não a obedecia. Parecendo entender o que ela dizia, o cão tremia de medo. Lá fora, uma coisa invisível, maligna e terrível, movimentava-se. A coisa tinha ódio do cachorro.

– Não durmo com esse cão aqui! – repetiu a mulher.

Então ordenei:

– Vai pro terreiro, cachorro!

Hesitante e choramingando, o animal saiu. Daí a pouco, ouviu-se lá de fora duas fortes pancadas, como que de tábua sobre um corpo, seguindo-se o angustiado "caiã" do cão, que entrou ganindo na cabana e encolheu-se entre as minhas pernas.

Com a espingarda na mão e focando a lanterna, saí para o terreiro, mas não encontrei vivalma. Gritei com todas as forças:

– Filho de uma porca, aparece!

Eu sempre galhofara do medo que a mulher tinha do Diabo e da sua crença em Deus, mas temi naquele momento a coisa invisível que lá fora parecia respirar, e também senti que uma força estranha me encorajava.

– Besteira, Deus e o Diabo não existem; apenas uma árvore se partiu e o cachorro se espantou! – disse para mim mesmo, e voltei para junto da mulher, que tinha os olhos abertos mas parecia nada enxergar.

Foi então que, como se um relâmpago clareasse o meu íntimo, assisti à maravilhosa revelação de que o sono é que era o mal, e decidi manter-me acordado para sempre.

– Estás ouvindo? – perguntou a mulher, noite alta.

– O quê? – disse eu, apurando os ouvidos.

– São eles!

– Eles quem?

– Todos os que morreram nestas matas, adultos e crianças. Gemem e choram, uma criança ainda suga o seio da mãe morta, a terra está encharcada de sangue, o rio guarda muitos ossos, muito feio é este nosso mundo, quero ir pro reino do fundo, onde só existe alegria – ciciou a mulher.

Lutando contra o sono, já não a ouvia, e nem precisava, pois também sentia a presença dos mortos nos lugares por onde andava. Acordado ou em sonho, conversava com eles, e tinha ódio dos que os mataram. Se os apanhasse, os vingaria. Mas eu estava só, para sempre só, com a mulher e o cão, naquele ermo. Nada podia fazer senão manter-me em vigília, para não me tornar tão inútil quanto os que morreram.

"Desperto, sempre desperto!", pensei, mas em vão, pois nem percebi quando a mulher adormeceu nem quando seus olhos depois se abriram; só a ouvi falando para alguém invisível: – Vai embora, meu marido está acordado!

No canto da cabana, onde ficou o resto da noite, o cão rosnou e latiu, como se visse um estranho. A seguir, passos de gente soaram atrás da cabana.

– Filho de uma porca, deixa em paz a minha mulher! – desafiei de novo, sem atrever-me a sair para o terreiro.

De manhã, como se nada tivesse acontecido à noite, a mulher foi a primeira a se levantar. Reacendeu o fogo, fez chá, bolo, mingau, e ofereceu-me. Alegre com o seu aparente restabelecimento, falei:

– Vou hoje ao trabalho, levo o passarinho comigo.

– Leva o cão, não quero mais aqui esse bicho – disse ela.

– O cão fica, não te quero sozinha – falei, pegando minhas ferramentas e o farnel com alimentos. Em seguida arremedei o pio do passarinho, que veio pousar em meu ombro. – Volto cedo – completei.

E saí. Mas antes tive de escorraçar o cão, que teimava em seguir-me. Encolhido, o animal voltou para junto da mulher, que gritou para ele:

– Cão desgraçado, some daqui!

Em vez de choramingar, como fazia ao ser humilhado, o cão rosnou. A mulher, que tornara a cuidar do fogo, ouviu, mas não se importou. Instantes depois, quando se voltou para trás, no lugar do cão avistou uma coisa monstruosa. Cabelo de homem, rosto e corpo também, mas os dentes e as patas eram de cachorro! Quis gritar, mas o grito não saiu da garganta; quis andar, mas os pés não se arredaram do chão.

– Não te farei mal – disse a criatura, encobrindo o rosto com a pata, para que ela não visse seus dentes horríveis.

– Em sabendo de quem vens, sei o bem ou o mal que tens. De onde vieste? – indagou a mulher.

– Vim do fundo das águas.

– E como chegaste?

– Vi o reflexo do menino na água e vim para cá. Num grosso tronco de árvore, que flutuava na margem, sentei. Falei com o menino e o menino falou comigo, brincamos, fui e voltei, até que resolvi ficar – respondeu a criatura.

– O que vieste fazer?

– Queria ver como são os homens, dar uma espiada; lá embaixo, no fundo do rio, mora a minha gente. Agora já sei como vocês são, volto para informar o meu pessoal. Antes de partir devo dizer duas coisas, se quiseres ouvir.

– Fala – disse a mulher, com a voz trêmula.

– Primeiro: o pássaro não é o teu filho – disse a figura.

– Mentes! Tens ciúme do passarinho! E a outra coisa?

– Pois bem, assim que eu me for, tu e o teu marido saiam correndo daqui, não passem a noite neste lugar, porque o meu pessoal, quando eu contar o que vi, virá devorar vocês.

Dizendo isto, a figura deu-lhe as costas e desceu para o rio, logo mergulhando.

Soube destas coisas, senhor, ao voltar do trabalho.

– Marido, o cão transformou-se em homem e foi embora! – disse a mulher.

– É esperar que ele volta – disse eu, desconfiado.

– Fujamos logo, pois a gente dele virá nos devorar – disse aflita a mulher.

Então assobiei uma, duas, três vezes, mas o cão não apareceu.

– Não é possível! O cão é nosso amigo! – exclamei.

– Ele também disse que o passarinho não é o nosso filho.

No meu ombro, o pássaro piou.

– Não te zanga, filho. Mamãe sabe que o cão mentiu – disse ela.

Magra e amarela, tive compaixão da mulher, mas não foi fácil acalmá-la. Levantou-se da rede várias vezes, gritando:

– Fujamos daqui! Os cachorros estão chegando!

Pediu-me que vigiasse o rio, de onde os cachorros com cara e corpo de gente viriam. Com a espingarda e a lanterna nas mãos, desci sozinho para o porto, já que o cão, companheiro nas horas difíceis, havia sumido, e o passarinho, por mais amigo que fosse, não deixava seu ninho à noite por nada; ficava lá em cima, cercado de esqueletos de cobra, apenas piando se visse algo estranho. E viu. Imerso na sombra, o rio tranqüilo, tudo parecendo dormir, de repente uma voz me chamou pelo nome, o que achei esquisito, pois já havia esquecido do dia em que vi gente pela última vez, e ninguém mais pronunciou o meu nome. Quem seria? A voz continuava chamando. Então peguei minha canoa e remei para as cabeceiras do rio, direção que sempre evitava, pois todo rio tem seu dono, e este, como o senhor sabe, não gosta de ser incomodado em seus domínios. Remei, remei sem parar, mas a voz nunca se aproximava. Já pensava em voltar, quando, inesperadamente, topei com outro homem que descia o rio numa canoa carregada de peixes. Curioso, aproximei-me do outro e, para puxar conversa, indaguei da procedência do pescado, enquanto ao mesmo tempo observava a perna do desconhecido, enfaixada e entalada como se estivesse fraturada.

– Não sou daqui – disse o homem. – Queria me estabelecer nas cabeceiras do rio, rica de caça e peixe, mas muita gente me advertiu que era uma zona proibida, morada de uma criatura ruim, que afugenta os animais e as pessoas; mesmo assim, enfrentei o risco.

– E o que aconteceu? – perguntei.

– Muni-me de uma cruz feita de cera benta, que prendi ao pescoço, e de um pedaço da mesma cera, que guardei na patrona de munição; subi muito dentro do rio até encontrar um lugar que me pareceu bom de caça. Foi aí que aconteceu...

– O que? – tornei a perguntar.

– Quando eu encalhava a canoa, deparei com um homenzinho escuro e não maior que uma criança, que me fitava com insistência e perguntou: "Por que vieste aqui? Não sabes que este lugar é proibido aos homens?". Sem saber com quem lidava, eu lhe disse que o meu propósito era justamente enfrentar a criatura que diziam ser dona do rio.

– E daí? – eu quis saber.

– Daí que o homenzinho avançou, mas logo estacou; a cruz de cera o impedia de se aproximar. "Joga fora essa cruz!", ordenou-me. Eu disse: "Jogo, mas prometes que me deixas sair em paz?". "Deixo", disse ele. Então joguei fora a cruz, mas o danado não cumpriu o trato. Essas criaturas são astutas, isso a gente sabe, mas não pensei que fossem tão espertas como as daqui. Ele de novo avançou, mas graças a Deus foi impedido de aproximar-se devido à cera que eu guardava na patrona. Nessa hora, criando coragem, até porque não tinha outra coisa a fazer, despojei-me da patrona e, antes que o homenzinho tentasse um gesto de defesa, ergui-o no ar e arrumei-o no chão com tal violência que ele teve a perna quebrada.

Neste ponto, senhor, o desconhecido fez uma pausa e, dissimuladamente, olhou para mim. Notando a pequena estatura de meu interlocutor e a sua perna entalada, senti um calafrio, pois reconheci quem na verdade tinha diante de mim.

– Ainda vais à cabeceira do rio? – perguntou-me a criatura, e as suas palavras pareciam-se mais com um sopro do que com voz humana.

– Já é tarde, volto para casa – respondi, disfarçando o terror.

– És valente, não tens medo da noite, por isso te dou um presente – disse, estendendo-me uma flecha. – Com ela poderás matar caça ou peixe que atravessar na tua frente – completou.

Então, ali mesmo, adormeci, tonteado por uma terrível catinga. Quando voltei a mim, vi-me embaraçado na canoa, que descia flutuando na corrente. Lembrei-me do encontro com o homenzinho, e da sua história, como se fosse num sonho, mas, ao enxergar a flecha ao meu lado, convenci-me do contrário.

De volta à cabana, encontrei a mulher sentada na rede, os olhos bem abertos entre as negras olheiras, mas nada parecia ver.

– O nosso menino te chamou lá da roça – disse ela, mas sua voz não era humana, parecia vento na boca duma cabaça. – Estás ouvindo? Ele te chama!

Falava sem mover os lábios, e o corpo não se mexia. Sob a luz tênue da lamparina, o rosto encovado da mulher tinha cor de cera.

– Deita-te, mulher! – disse-lhe, procurando inutilmente incliná-la, pois seu corpo não cedia, por mais que o forçasse, e a pele estava fria.

Então o meu peito doeu, um nó cresceu-me na

garganta, e os olhos – secos de uma vigília que já durava alguns dias – umedeceram-se. Tomado pelo desespero, por longo tempo chorei, até não ter mais lágrimas para chorar, restando um sabor amargo na lembrança. Estendi o corpo da companheira sobre uma esteira, no centro da cabana, enquanto ouvia, lá de fora, a voz de um menino que me chamava. Pegando a flecha, saí ao encontro da voz.

– Papai, vem cá, estou perdido! – gritava no meio da noite a voz de menino.

Já correndo pelo mesmo caminho que me levava todos os dias ao trabalho, pois daí parecia vir o chamado, pensei: "Se eu trouxer o menino, ela se acorda".

– Estou indo, filho! Tua mãe quer te ver, onde estás? – respondi.

– Estou aqui, vem rápido! – tornou a voz de menino.

Mal enxergando onde pisava, eu corria, mas, quanto mais corria na direção dos gritos, mais distantes eles pareciam ficar, até que cessaram por completo, ouvindo-se apenas um assobio longo e tão fino que entrava como agulha pelos ouvidos e, lá dentro, perfurava-me a alma. Tapei os ouvidos com as mãos, para não enlouquecer. Com o coração aos pulos e a respiração ofegante, como que planando pelo caminho, já não sentia as topadas e os espinhos. Corri tão rápido que consegui me aproximar da coisa que assobiava. No débil foco de minha lanterna enxerguei dois grandes olhos azuis, que me miravam dos ramos de uma árvore. Não eram os olhos do filho, isso logo vi. Então, de quem seriam? Sem enxergar o que se ocultava nos ramos, atirei a flecha, e desabou imediatamente no chão um grande pássaro de penugem branca e cabeça avermelhada, que eu nunca tinha visto naquelas matas. Ainda olhava para o estranho pássaro quando, de muito longe, tornou a chegar a voz de menino.

– Papai, por que paraste? Vem me buscar, tenho muito medo!

Corri na direção da voz, mas, quanto mais corria, mais longe ela ficava. Eu gritava, e a voz respondia; gritava, e a voz respondia... longe, cada vez mais longe, até que não mais ouvi. Exausto de tanto correr, parei com um pressentimento. Foquei a lanterna para a curva do caminho e eis que aí avistei um macaco que se aproximava. Cara de gente tinha o macaco, mas logo vi que não era de menino. O medo apoderou-se de tal modo de mim que, sentindo como se os cabelos tivessem crescido até cobrir todo o corpo, esqueci de usar minha flecha mágica, e danei-me a correr na direção oposta. Corri tanto e tão rapidamente, que logo varei num antigo roçado, há muito abandonado. Ia sentar-me num tronco de árvore para descansar quando ouvi novamente o menino chamar:

– Papai, por que demoras?

– Estou indo, filho. Onde estás? – respondi.

– Aqui! – disse a voz.

– Estou indo – tornei a dizer, sem saber que rumo tomar.

Urgia encontrar o menino. Lá na cabana, a mulher esperava. Sobre o roçado, uma lua baça acabava de se levantar. Subindo numa árvore caída, na ponta dos pés, procurei entre as formas retorcidas do descampado algo que se mexesse. Depois de um tempo, percebi a aproximação de muitos veados, todos eles galheiros, de aspas longas e aguçadas, e olhos brilhantes como brasa de carvão. Do meio dos veados, a voz de menino chamou:

– Pai, me leva pra casa!

Mas, por mais que firmasse os meus olhos, não via o menino entre os veados. Desconfiando de que estava no meio de um pesadelo, resolvi voltar para casa, mas, ao descer da árvore, um dos veados, o de maior galhada, investiu contra mim, fazendo-me refugiar novamente na árvore, de onde assestei minha flecha contra o agressor, que se desviou, de sorte que a flecha foi atingir um veadinho que se misturava à manada. Ouvi um grito e, logo após, uma voz de menino:

– Papai, por que me mataste? Eu gostava tanto de ti!

Virando-me para a voz, enxerguei, caído no chão, no lugar da manada, apenas um menino espetado pela flecha.

– Papai, me leva pra casa, quero morrer perto de mamãe – pediu o pequeno, com voz fininha, parecendo um trilo de passarinho.

Ajeitei-o ao colo e pus-me a andar, apertando-o contra o peito e sentindo-lhe o corpo frio e a pele visguenta. Ao passar sob a árvore onde enterrara o menino, avistei a cruzinha fincada. "Será que enlouqueci?", pensei. "Nunca mais vou dormir", falei para mim mesmo, já varando o terreiro.

Na cabana, enxerguei a mulher colocando lenha no fogão.

– Olha só quem eu trouxe! – gritei, contente por trazer

de volta o filho e encontrar a mulher levantada. "Quão simples é a alegria, anda quase nua", pensei.

– O nosso filho! O nosso filhinho! – exclamou ela, com sua voz de vento. – Põe ele aqui, nunca mais me separo do meu filho – completou, deitando-se na esteira.

Coloquei o menino ao lado da mulher. Do jeito que pus, assim ele ficou.

– Deita também aqui – disse ela.

Como a esteira era estreita, acomodei-me de banda, com um braço sobre os dois corpos, já não os sentindo gelados, o que me fez pensar que meu corpo também estava frio. Levantei-me de um salto, quase gritando, pois precisava crer no que dizia:

– Eles só estão dormindo, preciso acordá-los!

Pensei em reanimá-los com o calor do fogão, mas a casa era de palha, seria arriscado. Da porta, vi o sol que se levantava sobre a mata, despertando tudo com sua língua de fogo. Lembrei-me do trabalho, senti remorso; cada dia parado parecia uma eternidade. Na minha mente, tudo girava, num esforço sobre-humano para manter-me lúcido. Eu precisava resistir, continuar ativo. Devia esperar, sem desesperar, essa coisa maravilhosa, que nem mais sabia o que era, mas aconteceria, tinha certeza. E não queria estar só nesse dia, não teria graça; a mulher e o menino tinham de estar comigo. Nós três, bem juntinhos, de olhos fitos no céu, que se invertia no fundo do rio, como imensa bacia, assistiríamos essa coisa (cujo nome havíamos esquecido) se revelar. Precisava achar um modo de despertar a mulher e o menino, hirtos na esteira; entretanto, eu próprio sentia-me fraco e exigia cuidados, não físicos, pois nunca me sentira tão bem, o corpo tão leve, mas minha alma estava enferma, gravemente enferma, e ferida, terrivelmente ferida.

Foi então que uma idéia, tão absurda que me pareceu a coisa mais tranqüila do mundo, instalou-se em minha cabeça. Ainda que mórbida, não me apavorou, pois havia entrado num mundo onde o ordinário e o extraordinário, o natural e o sobrenatural, a vida e a morte se misturavam.

Como se um terceiro olho tivesse surgido na minha testa, avistei dentro da cabana outra mulher, que se cobria com panos negros e tinha os cabelos escorridos até à cintura, e rondava ao lado dos enfermos sem mostrar o rosto. Depois de girar em silêncio por muito tempo, ela disse:

– Levantem-se e andem, a hora de vocês é chegada!

A partir desse momento, senti brotar prematuramente um fraco clarão nas regiões mais profundas e mais secretas do meu entendimento, uma espécie de vaga-lume mental, uma concepção embrionária da verdade. Então gritei:

– Deixa-nos, malvada! A mulher e o menino estão apenas cansados!

– Sinto muito, mas não tenho escolha, é a minha tarefa reconduzir os que dormem até Deus – falou a estranha.

– Leva-nos a mim e à mulher, que já cansamos de viver, mas poupa o menino, ainda tão pequeno!

– Gostaria de te atender, mas não posso. Todas as coisas têm um prazo determinado em suas vidas, no fim do qual devem abandonar a terra e encerrar suas existências. Até os malvados têm seu tempo, e tudo termina no exato instante fixado por Deus. Quando o momento da morte se aproxima, nada pode subsistir, e quando se ouve a palavra *levanta-te e anda*, é que o fim do tempo chegou. Desde seu nascimento, rondo em torno do homem, esperando pacientemente que as doenças me ofereçam uma oportunidade para colocar-me diante dele e possuí-lo, pois ignoro a hora em que devo entrar em seu corpo e matá-lo; o medo de que esse exato momento me escape faz-me ficar sempre vigilante e cuidadosa do instante certo em que devo aparecer, mas nunca poderei desobedecer aos desígnios de Nosso Senhor – disse a visitante.

– Deus não existe, as tuas palavras não me fazem o menor sentido – retruquei.

– Ora, se não crês em Deus, também não crês na existência do Diabo – disse ela.

– Deus e o Diabo não passam de invencionices do homem – disse eu.

– Mas crês que há um domador de mentes que infelicita a tua gente!

– Este é diferente. Não sendo Deus nem Diabo, posso matá-lo – observei.

– Já o viste?

– Só uma vez.

– Tocaste-o?

– Não.

– Então talvez seja apenas a tua imaginação doentia.

– Se ele não existisse, também não existirias, pois o acompanhas em suas andanças!

– Não me culpes por isso, só faço o meu trabalho. Além disso, como não crês na existência do meu Senhor, também não crês na minha. Sendo assim, existo apenas em tua mente sombria. Não é assim que pensas? De qualquer maneira, creias ou não em Deus, chegou a hora de voltares para Ele. Anda, levanta-te e segue-me! A mulher e o menino te aguardam.

Fechei os olhos e esfreguei-os. Quando voltei a abri-los, a visitante havia sumido.

"Será que vou conseguir? Estou muito fraco, esta vida é um pesadelo, só há coisas tristes neste lugar, precisamos deixá-lo rapidamente, antes que eu enlouqueça de vez", pensei, voltando para perto da mulher e do menino, que da esteira me sorriam, apesar dos corpos já endurecidos e dos olhos vítreos.

– Faremos uma longa viagem – disse-lhes, pensando na dificuldade que seria transportá-los até o estaleiro, onde estavam as canoas.

Lembrei-me do pássaro e assobiei uma, duas, três vezes, sem obter resposta. Olhei para a árvore onde ficava o ninho, mas ele não estava mais lá. Vi apenas, pendurados lá em cima, os esqueletos de cobra, que me fizeram lembrar das palavras que o cão havia dito à mulher: "O passarinho não é o teu filho". "Diacho!", pensei. Já gostava tanto do passarinho! E o cão, que não voltava? Que falta o animal me fazia!

O jeito seria levar um de cada vez. Primeiro a mulher, e depois o menino. Pele e osso, como um galho seco, o corpo dela estralou quando o acomodei sobre as costas. Pedi-lhe desculpa e carreguei-a nos braços. Amarela e desidratada, era como uma folha morta, mas como pesava!

Recostei-a num tronco de árvore para descansar. Sem mover os lábios, ela falou:

– Crês agora que o menino virou passarinho?

– Mas o pássaro desapareceu, e o menino está na cabana! – observei.

– Claro, o passarinho é o menino! – replicou ela.

Então, no meu mais profundo ser, onde um pântano havia se formado, a alegria, que parecia haver murchado para sempre, desabrochou, como flor encantada.

Carregando a mulher, retomei a caminhada, com passos tão rápidos que, não sentindo as topadas e os espinhos, cismei que também já não tinha corpo.

Ao varar no estaleiro, contemplei por um instante as canoas enfileiradas. Dia após dia, durante anos, construíra-as, e, ali mesmo, sob o sol e a chuva, como ataúdes escuros e viscosos, elas foram ficando. Qualquer dia, o homem que me encomendou as canoas viria buscá-las. Já nem me lembrava do rosto e do nome do homem, mas não conseguia esquecê-lo. De um biombo qualquer da memória ele parecia me espreitar. Quando chegasse, eu teria muito prazer em lhe mostrar as embarcações, uma a uma. Diria: "Senhor, repare no casquinho, comprido e estreito, fundo chato e popa baixa, sem quilha, leve e rápido, excelente para pescado. Veja também a gambarra, robusta e boa para transporte de cargas. E a rabeta de boca aberta, convés na proa e na popa, ótima para passageiros. E o bote, e o casco, e o iate...". Pena que eu não ia estar mais lá quando ele chegasse.

Tinha ajeitado a minha carga no fundo de um canoão

largo e reforçado, bom para viagens longas, e já me punha a caminho quando a mulher me disse:

– Marido, não demora, pois não quero chegar atrasada à festa que ele vai dar lá no fundo.

Enquanto andava, ouvi a voz do menino:

– Papai, por que demoras?

– Estou indo, filho! – respondi, correndo tão rápido que parecia voar.

Vi o menino que chorava atrás de uma raiz, mas, quando me aproximei, havia em seu lugar um pássaro, que logo voou. Na cabana, encontrei o menino hirto sobre a esteira, como o havia deixado.

– Papai demorou... – disse baixinho e fino o menino, olhando fixamente para mim, com os olhinhos esbugalhados.

– Nunca mais vou te deixar, meu filho – disse-lhe, espantando-me, pois não ouvia a minha própria voz.

Ainda mais assustado fiquei quando, ao levantar o menino nos braços, seu corpo continuou no chão. Ameaçado pelo sobrenatural, senti um calafrio, e um terror-pânico apoderou-se de mim ao ver que o meu corpo, leve e diáfano, já não tinha sombra.

É esse, senhor, o efeito do espanto: o espírito esforça-se por estabelecer uma relação, uma ligação de causa e efeito, mas, achando-se impotente para consegui-lo, sofre uma espécie de paralisia momentânea, e, tão logo se recupera do assombro, sente crescer dentro dele gradualmente uma convicção que clareia a mente e impulsiona o corpo.

– Roubaram-nos a alma, tudo agora está encantado!

– murmurei, enquanto carregava pelo caminho o montinho de pele e osso, tecido inerte e ressequido, sem peso nem medida, no qual o menino se transformara.

"Arremedo de gente, coisa morta e à toa é o que somos! Desde quando a nossa existência terá sido falsa?", pensei.

E, através daquele outro olho, vi o domador de mentes que chegava. Galante ele era, belas palavras tinha, com afagos e presentes a todos seduzia, principalmente às mulheres, que não resistiam à sua voz melíflua e ao seu oloroso perfume; arrastava-as para o mato ou enfiava-se entre elas e seus maridos, manchando de opróbrio o leito conjugal, nascendo desse espúrio conúbio uma prole mirrada e fraquinha, de cabelo corredio e cor baça, que se esconde nas florestas do mundo e parece fadada a desaparecer.

– Sou um deles – disse para mim mesmo, enquanto ajeitava o menino ao lado da mulher.

Vendo o rostinho macilento e encovado do menino, o seu olhar opaco, compadeci-me dele.

– Maldito o dia em que nasceste! Para sempre seja maldito o dia em que a mulher te deu à luz! – disse à matéria exangue que tinha diante de mim.

– Por que papai me diz isso? – perguntou o menino, com uma voz que mais parecia um silvo. – Papai não gosta de mim!

Surpreendido, respondi:

– Gosto sim de ti, meu filho; falava de outra pessoa.

– Está tudo tão estranho, papai. Por que estou dentro

desta canoa? Cadê o meu passarinho?

– Foi embora, filho. Agora és tu o meu passarinho – falei ao menino, sentindo um nó na garganta.

– Pai, tira-me daqui; quero brincar com o meu cachorrinho.

– Teu cãozinho também foi embora.

– Por que mamãe está fria?

– Mamãe dorme, filho.

– Mas ela nunca dorme de dia!

– É que está doentinha – disse-lhe, com a voz embargada.

– Papai, por que choras? – perguntou o menino, esforçando-se para se levantar.

– Espera, filho, te ajudo! – falei, erguendo em vão o corpo do menino, pois este tombou para a sua antiga posição.

– Vamos já! Ele está me esperando! – disse inesperadamente a mulher.

– Vamos, mas antes preciso ir noutro lugar – disse eu, entrando na canoa.

Amanhecia. Raios do sol, que se infiltravam pelas copas das árvores, clareavam o estaleiro, quando me pus a remar. Remei o dia inteiro, sem cessar, olhando de vez em quando para a mulher e o menino, que, no fundo da canoa, iam quietos, alheados de tudo. E assim foram, enquanto eu remava. Seus corpos aos poucos se tornaram escuros, e, no lugar da pele, surgiu como que uma crosta seca e cinzenta, a qual produzia às vezes pequenos estalos.

– Eles dormem, estão cansados – murmurei, a fim

de afastar os maus pensamentos.

Quando, finalmente, chegamos às cabeceiras do rio, as aves do céu já se acomodavam em seus poleiros e os animais da terra buscavam refúgio; apenas a ave da alegria, que antes me enchia de júbilo, alçara seu vôo, mas voara para longe, e o seu canto tornara-se lúgubre como o pio da coruja. Como um vinho que se transforma em veneno, o meu espírito se encharcava de amargor. Obscuros pensamentos pousavam na minha mente:

"Onde está o riso? Onde está o contentamento? O que restou dos tempos felizes? Tudo é pranto e solidão? No lugar onde fomos felizes, o que ficou? E os que se foram sem deixar vestígios? E a infância perdida? E o prometido dia luminoso que parece nunca chegar? Por que esta saudade dos dias que não voltam? E a nostalgia pelo amor não vivido? E a semente impedida de brotar? E a criança que não pôde nascer? E os meninos que não puderam crescer? E o filho que ficou preso para sempre num sonho? E o rosto da mãe que já não lembro? E o pai que não conheci? Quem eu sou? Qual o meu nome? Cadê a lágrima que brotava da alegria? Quem inventou este rio de raivas onde o coração se afoga? Quem me espanta com sonhos e com visões me assombra? Quantos restam da minha gente? Quantos caíram no sono? Quantos se refugiaram no esquecimento? Quantos enlouqueceram? Qual a causa desta vida desgraçada? Juro, mais uma vez, que não vou dormir! Estarei acordado quando o domador de mentes chegar".

O silêncio, senhor, era tão absoluto, que os tímpanos doíam-me. "De algum lugar ele me olha, o safado", pensei.

Então chamei:

– Estou aqui, aparece!

Mas nada se moveu. Olhei para as águas já obscurecidas do rio e tive a impressão de que, debaixo da canoa, algo ou alguém (tanto faz, tudo aqui parece ser a mesma coisa) me observava. Rebojos vinham do fundo, formas horripilantes e olhos sanguinolentos desenhavam-se nos redemoinhos, o mistério me decifrava. Arrepiei-me, um torpor amolecia-me os membros, sentia-me lânguido, bocejava, mas não sentia a boca; piscava e esfregava uma pálpebra na outra, mas era como se não tivesse olhos; bati a canela no banco da canoa e não senti dor. Veio-me de novo a insuportável sensação de que já não tinha corpo. "Só estou com sono, muito sono, o sono que é o mal", pensei.

Enredado em um emaranhado de idéias confusas, parecia impossível distinguir entre o nauseabundo caso da mulher e do menino inertes no fundo da canoa e a minha própria situação. Não pude afastar o pavor que se apossava de mim.

– Não vou dormir – repeti, sentindo-me fraco e exausto.

Meus olhos ficaram turvos. Já não enxergava as coisas na forma como normalmente se apresentam; em seu lugar surgiu como que uma nuvem fosforescente que se movia na semi-escuridão, uma multidão de minúsculos seres reluzentes como borboletas e pirilampos que enchiam o côncavo do ar mais baixo e se dirigiam para o norte. Nesse mesmo instante, do fundo da canoa, chegaram-me alguns estalidos. Qual o meu espanto quando vi sair de dentro do corpo da mulher e do menino dois vultos luminosos, espécie de névoa, que zanzaram sobre a minha cabeça como que indecisos quanto a que rumo tomar, e em seguida ameaçaram juntar-se ao vibrar contínuo de milhares e milhares de asas que rumavam para o norte. Então me lembrei confusamente de um trecho das Sagradas Escrituras, que a mulher costumava recitar: "Fugi, filhos meus! Por que da banda do norte espreita um mal e um grande quebrantamento".

Paralisado pelo sobrenatural, pensei: "Como a borboleta, que primeiro foi lagarta e depois crisálida, a mulher e o menino apenas dormem silenciosamente enquanto aguardam enclausurados e em jejum o momento da ressurreição. Preciso estar desperto quando o domador de mentes aparecer".

Para meu alívio, a massa reluzente terminara de passar, e a mulher e o menino voltaram para o fundo da canoa, mas outros corpos andavam pelas margens, iam e vinham, em todos os lugares, embaixo e no topo das árvores. Eu escutava as suas vozes, isto é, o arremedo de som com que pareciam se comunicar. Sob o manto pardo da noite (ou da morte?) que ia caindo, ouvi um longínquo alarido, como se uma multidão fugisse de um incêndio, ou uma aldeia inteira corresse de uma coisa monstruosa.

– Estás ouvindo? – escutei a mulher perguntar.

– Sim – respondi.

– São eles!

– Eles quem?

– Os que morreram nestas matas. Gemem e choram, uma criança suga o seio da mãe morta, a terra está encharcada de sangue, o rio guarda muitos ossos. Muito feio é este mundo, quero ir para o reino do fundo, onde só existe alegria – ciciou o vulto que eu via no porão da canoa.

E o vulto seguiu falando, mas eu já não ouvia, como se tivesse emergido de um sonho e em seguida mergulhado noutro, mais profundo. Nas águas turvas em que ia me afogando, bracejei para voltar à tona.

– Desperto, sempre desperto! – tornei a dizer, mas o torpor era tanto que acabei tombando para junto da mulher e do menino, sentindo a crosta fria que recobria seus corpos. A muito custo ergui-me e experimentei gritar: – Aparece, filho de uma porca! Estou aqui!

Então vi, lá longe, alguma coisa que a corrente trazia. Ao se aproximar a coisa, distingui as formas de um homem que vinha sentado sobre o seu cabelo comprido como em uma canoa e assim deslizava sobre as ondas.

"Eis o domador de mentes, vou matá-lo com minha flecha", pensei, ajeitando-me na proa da canoa, mas tive de dissimular o meu plano, pois, dentro da penumbra, quase não via o outro, que havia parado.

E assim ficamos, frente a frente, por muito tempo, até que uma nuvem branca surgiu do leste como que do nada e pairou sobre a estranha figura, clareando-a por inteiro. Tendo me aproximado bastante dele, se estabeleceu entre nós uma espécie de comunicação, pois não escutava a sua voz, mas a explicação se tornava clara tão logo o pensamento ganhava existência.

– Como vai a pescaria? – perguntou-me.

– Não estou pescando – respondi.

– Soube que me procuravas e então vim ao teu encontro; também queria ver a tua mulher.

– Agora ela está dormindo – disse eu, apalpando a minha flecha. – Queres também ver o menino, não é?

– O menino, não, pois ele partiu e nunca mais voltou – disse a figura.

– Mentiroso! O menino está aqui! – disse eu.

– Ora, ora... nunca creste nisso – retrucou.

– Pois agora creio. Pensava que eras meu amigo – falei.

– Era, e ainda sou – disse a criatura. E acrescentou: – O mesmo não posso dizer de ti, pois te acompanhava sem queixumes a todos os lugares e, como paga, me surravas quando te mostrava coisas que não querias ver. Mas não guardo rancor, pois só enxergavas o claro e o escuro, o bem e o mal. Não vias que junto da urtiga nasce a rosa. Não entendias que o infortúnio é vário e a infelicidade é múltipla e que ambos dominam o vasto horizonte e suas cores são tão variadas como as do arco-íris. Não conseguias aceitar que da fealdade pudesse vir a beleza e que a formosura brotasse da hediondez. Não compreendias que o mal é apenas um excremento do bem e que o bem traz nas entranhas a semente do mal. Agora que estamos fora do mundo limitado onde nos conhecemos, posso dizer sem receios: a tua alegria nascia da tristeza e a tristeza preparava os dias felizes; a lembrança da felicidade passada é a tua angústia presente e as agonias que são originam-se nos êxtases que poderiam ter sido, mas em breve tudo te será revelado, pois atravessaste o inferno do sofrimento e já podes alcançar o paraíso. Enganei-te o tempo todo, não nego, mas sou teu amigo; para estar contigo disfarcei-me de bonzinho.

– Então queres ver a minha mulher? – perguntei, depois de um silêncio.

– Apenas o seu corpo, pois ela mesma já se foi – respondeu o outro.

– Se não é ela que aqui está, então quem tem falado comigo?

– O teu próprio pensamento.

– Ela está morta?

– Foi-se lá pro fundo, onde te espera feliz, pois lá o alimento é servido na mesa, e a vida não disputa com a morte a colheita. Anda, mergulha! Ela está lá embaixo, e o menino está com ela – incitou a figura.

– Pensas que me iludes?

– Oh, claro que não, pois estás *sempre desperto*, não é isto que dizes? Besteira! Não percebes que o sol é como o foco de uma lanterna que alumia mas também limita o espectro da visão? A luz da tua razão não pode clarear tudo o que se move nas trevas.

– Este teu palavrório não me convence – disse eu à criatura, já esticando o arco, mas meu gesto foi interrompido pelo grito da mulher:

– Pelo amor de Deus, marido, não atira a flecha! Não vês quem é?

– Pensava que sabia, mas já não tenho certeza, preciso

de uma prova: se ele estiver apenas no meu pensamento, não será atingido; do contrário, o matarei – disse eu, tornando a retesar o meu arco.

– Ó mesura de homem, não podes me atingir! – disse-me a figura, soltando uma estridente gargalhada.

Então, senhor, avaliei melhor a criatura. Tinha cabelo de homem, rosto e corpo também, mas seus dentes e patas eram de cachorro.

– Fujamos! É o homem-cachorro! – gritou a mulher.

Ao invés de remar, esperei que o outro chegasse mais perto. Nesse instante, ouvi uma ventania que varreu as árvores, e um relâmpago cortou o céu, clareando o corpo da criatura. "Quem semeia ventos colhe tempestades", pensei, disparando a flecha, mas esta não atingiu o alvo. Mesmo assim, a figura mergulhou, e o rio, transbordando de suas margens, inundou a planície, enquanto os animais, grandes e pequenos, nadando desesperadamente, procuravam em vão salvar-se, pois em pouco tempo boiavam mortos na superfície de um oceano, onde a minha canoa era o único ponto visível.

– Vem! Salta e mergulha! – disse-me a figura, que, à maneira dos cachorros, nadava ao lado da canoa.

Chuva fina mas persistente começou a cair, fazendo-me tiritar de frio.

– Pula! A água está morna – chamou a criatura.

Olhei o porão da canoa, que adernava ao sabor do vento, e fiquei desolado, pois os corpos da mulher e do menino já não estavam ali.

– Por que ficas triste? Eles te aguardam lá no fundo.

Não temas. Vem comigo! Na adversidade é que se conhecem os amigos – disse a figura.

Entre céu e água, sozinho ali com a mesura, senti-me infinitamente pequeno, a mais miserável das criaturas.

– Já que não pulas, posso subir aí contigo?

E já foi subindo e se sentando na outra ponta da canoa, de onde me observava de um jeito diferente do olhar humano, pois eu o via fora de mim mas ele parecia estar dentro da minha mente. Então eu disse para mim mesmo: "Como se têm multiplicado os meus adversários, são muitos os que se levantam contra mim! Sempre procurei ser reto e íntegro, mas de que adiantou? Os que amei deixaram-me, estou só como nasci, o mal me persegue, o meu filho morreu e a única mulher que conheci não está mais comigo. Longe vão as ditosas madrugadas em que me acordava com alegria pelo simples motivo de que eu teria mais um dia para viver. Qual a minha culpa? Por que fui entregue a esta coisa medonha que fala dentro de mim e em cuja imagem – e o pior é isso! – me reconheço? Ele me diz coisas duras, suas palavras rasgam-me em mil pedaços, faz a alma rolar em cinzas e o espírito vestir-se de trapos. Nu saí do ventre de minha mãe e assim tenho andado, mas estou envergonhado. Miserável sou, pois nem pó já tenho para desfazer-me, imensa é a minha dor. Maldito o dia em que nasci e amaldiçoada seja a noite em que se disse "foi concebido um homem". Converta-se o dia em trevas e não resplandeça luz sobre ele, a sombra da morte o contamine. Solitária seja a minha noite, a escuridão se apodere dela, e não se conte entre os dias do ano, e não entre no número dos meses, e não haja voz de júbilo, e se escureçam as estrelas do crepúsculo, e se espere a luz e esta não venha. Por que não fechou as portas do ventre nem escondeu dos meus olhos a canseira? Por que não morri no útero de minha mãe ou não expirei quando saí do seu ventre? Agora eu repousaria, como aborto não existiria. Ó criatura, mata-me logo, pois na morte os maus cessam de perturbar e os cansados repousam. Responde-me: Por que se dá luz ao miserável e vida aos amargurados? A luz devia ser negada ao homem obscuro e ao que nasceu para ser encoberto! Os meus gemidos se derramam como água, o que temia me sobreveio, o que receava me aconteceu. Nunca estive tranqüilo, nem sosseguei, nem repousei, a perturbação caiu sobre mim. Desgraçado é o que sou, peço a morte e ela não vem. Que ventura seria recolher-me à sepultura!".

Então, senhor, sem mover os lábios, embora eu visse seus dentes de cachorro, a figura falou-me:

– Posso te dizer algumas coisas?

"De amigo reconciliado, guarda-te dele como do diabo", pensei. Mas não lhe pude dizer não. Na verdade, queria ouvi-lo, pois sabia que quanto mais desagradáveis as suas palavras, mais verdadeiras.

– Sei que estás magoado – disse a figura –, pois pensas que te abandonei; logo eu, a quem consideravas teu melhor amigo. Entendo o teu sofrimento, mas escuta: não há mês que não volte outra vez, não há mal que o tempo não cure, tudo passa. Releva-me a falha, ao amigo ama-se com seu vício. Os teus cuidados, os teus mimos violentavam-me. Aderias aos meus pensamentos, mas olvidavas-me no essencial, isto é, na minha dignidade de cachorro; incomodado com meus conselhos, surravas-me, escorraçavas; então, para continuar te guiando entre os perigos desta selva, eu me calava, por isso te deixei, para que, ainda que separados, continuemos juntos, pois ainda sou teu amigo, reconheço o teu valor, te respeito, preocupo-me contigo e quero te levar para o reino do fundo, onde a mulher, tu, o menino e eu seremos felizes de novo. És bom, ensinaste a muitos, fortaleceste mãos fracas, firmaste quem tropeçava, endireitaste joelhos desfalecentes, mas agora, que se trata de ti e tuas fraquezas, te enfadas e te perturbas. Pensa: qual o inocente que jamais pereceu? Qual o sincero que nunca caiu? Os que lavram a iniqüidade e semeiam o mal colhem o mesmo. Visões da noite te trazem sombrios pensamentos. Sono profundo, espanto e tremor te sobrevêm. Os teus ossos estremecem, o teu próprio espírito passa diante de ti, arrepiam-se os teus cabelos, a tua carne se contrai, e esse que tens diante de ti fala-te no mais completo silêncio: és mais justo do que Deus ou mais puro do que o teu criador? É no sofrimento que se revela o mistério. Não te aflijas, não chores em teu coração, coisa alguma deste mundo vale uma lágrima. Por que esperar tanto do próximo se nem mesmo do Altíssimo deve-se aguardar coisa alguma? O mal não procede d'Ele, mas Ele o consente, e isto, aos olhos do homem, é uma maldade. Eis que Deus não confia em seus anjos e a estes atribui loucura, o que então esperar dos que, como tu, habitam em casas de lodo, cujo fundamento está no pó, e são esmagados como a traça? Da manhã à tarde Ele os despedaça e eternamente os faz perecer, sem que se importe com isso. Anda, alegra-te, olha-me de novo sem ressentimentos, a ira destrói mas a palavra amarga é melhor do que a mentira; aceita a tua condição de homem, que nasce para sofrer, assim como a faísca se levanta para voar.

– Deixa-me, ó criatura! Retira-te de mim para sempre. Vaidades são os meus dias. Quem eu sou para que tanto me estimes e ponhas sobre mim o teu coração? Até quando me acompanharás?! Dize-me: Como posso consertar o meu erro? Ó gárgula que espanta os homens, por que me transformaste em teu alvo? Perdoa-me, pois o verdadeiro perdão só o ofendido pode conceder! – disse eu à figura.

– Oh, como os humanos conhecem tão pouco sobre si mesmos, os seus dias sobre a Terra são como a sombra – falou a criatura. – Olha naquela direção – ordenou.

Então avistei, lá longe, alguns pontinhos negros que a corrente do oceano trazia.

– São as canoas que tu construíste durante estes anos todos. Não te espantes com o que verás dentro delas – disse a figura.

Remei na direção das canoas.

– Não precisas remar. Não vês que elas vêm por si mesmas ao nosso encontro?

Com efeito, aproximavam-se, como que movidas por uma força inteligente. Quando chegaram bem perto, pude ver o que viajava no fundo das canoas. Então meu espírito se arrepiou e senti uma espécie de calafrio na alma. Trançadas umas nas outras, dezenas de serpentes enovelavam-se e formavam uma massa escura, sendo impossível estabelecer a inteira extensão de qualquer delas, tão emaranhadas que estavam. Debaixo da chuva e das nuvens pardacentas, as escamas gosmentas das víboras desprendiam pequeninas faíscas. De início, a repugnante aparência não me deixou ver o principal, a coisa mais estranha e repulsiva que jamais vi; só depois distingui as cabeças que se destacavam das bolotas de cordões escamosos. Mas então, senhor, novo assombro, maior que o primeiro, apoderou-se de mim. Pois uma cabeça de serpente já é, em si, uma coisa horrenda, que revolve as entranhas e nos faz como que voltar às nossas esconsas origens, o que então dizer se a cabeça da víbora tem o aspecto de um rosto humano, e a gente pode enxergar através de seus olhos os atributos típicos do homem, como a falsa inocência, a hipócrita humildade, a beatífica mentira, a fingida amizade, a afetada sapiência, a forçada bonomia, a dissimulada vaidade, a camuflada inveja e a vingança que se oculta no cálice do ódio? Uma das cabeças dirigiu-me um olhar tão meigo que, embevecido, fiz menção de acarinhá-la.

– Não te iludas com a sua aparente inocência – advertiu-me a figura. – Se soubesses quem na verdade te olha!

– De quem falas?

– De um dos homens mais cruéis da humanidade, que, depois de matar a mãe e incendiar a maior cidade do seu tempo, foi dormir como se nada tivesse acontecido. Ele seria capaz de te estrangular sorrindo. E sabes – continuou a figura – de quem é aquela outra cabeça, que te olha com dois olhinhos inteligentes?

Como se captasse o sentido das palavras, a víbora afastou a cabeça do novelo e ficou escutando. Eu nunca tinha visto olhos mais sagazes.

– Este aí, temendo o nascimento de um sucessor fora de sua linhagem, mandou matar todas as crianças do seu reino e depois serviu num banquete a cabeça do homem mais justo de sua época. Se ele te pega, corta o teu pescoço.

– E aquela ali, que não pára de tremer, como se estivesse discursando, quem é? – perguntei.

– Asfixiou um povo quase inteiro, apenas para se vingar de um homem que o ofendeu na infância. Enquanto suas vítimas agonizavam, brincava com crianças. Se te alcança, engole-te num segundo.

– E aquela outra cabeça, que tem como que uma garbosa crista sobre o nariz e não pára de se mexer?

– Pois te digo: em seu tempo, tiveram-no na conta de um grande sábio, um gênio, um visionário, quando, na verdade, sua inteligência era um simulacro, pois, não contente em ensinar coisas que não havia aprendido, escrevia livros que não precisavam ser escritos; cego para o que acontecia à sua volta, ambientava histórias em lugares onde nunca estivera e descrevia dores que jamais sentira. Ele é capaz de fazer uma cópia da tua própria alma. E aquela outra, parecida com esta última, apenas mais discreta, queres que te diga? Este sim, escreveu obras originais, maravilhosas, mas se comportava como o crápula-mor, mentindo, intrigando, traindo os amigos e aliando-se a malfeitores, por isso os seus livros não merecem mais respeito do que os do primeiro escriba, pois está escrito: "Pelos frutos se conhece a árvore". Se te aproximas dele, entrega-te às outras víboras. Por isso te digo: Em vez de lamentares, alegra-te, pois há seres mais desgraçados do que tu. Estes, por exemplo, estão condenados a viverem eternamente mortos, pois assim não era a vida que felizmente deixaste? Ao contrário destas grotescas figuras, tiveste outra chance.

– Dizes que morri? – perguntei, sentindo um calafrio.

– Oh, não, amigo. Agora é que estás vivo! A mulher e o menino te esperam lá no fundo, onde na verdade já estás, pois teu espírito há muito mergulhou nas sombras da eternidade, apenas não sabias disso. Vem, lança-te nas águas. Precisas cair, sem queda não há soerguimento – disse a figura, que, sem que eu tivesse tempo de evitar, segurou a minha mão e induziu-me a saltar da canoa.

Ao tocar nas águas do oceano, experimentei uma sensação inteiramente nova, como se, num átimo de segundo, tivesse adquirido a consciência de uma ruptura do limite entre a matéria e o espírito. Uma voz, que parecia vir lá do fundo, disse-me: "O passado e o futuro são a mesma coisa, vives nos antepassados e os antepassados vivem em ti".

Esta idéia tornou-se tão sensível para mim que, como se estivesse diante de uma sucessão infinita de espelhos, enxerguei uma cadeia contínua de homens e mulheres dentro dos quais eu me via e do mesmo modo eles viam-se em mim.

"Agora entendes com quem o tempo todo

conversaste? Eu sou teu pai, tua mãe, tua mulher, o dragão e o jovem galante que a seduziram. Também sou o pássaro, o cão, o menino e os outros seres que, sob todas as formas, pensas ter conhecido", tornou a voz.

Então, senhor, uma idéia terrível me veio: Eu não era um nem dois, mas vários! E, tendo chegado a este ponto, outra idéia, mais terrível que a primeira, espontaneamente surgiu: "Eu sou apenas um reflexo dentro da imaginação de outro ser, o qual, por sua vez, é reflexo de um outro".

"Não te apavores, amigo, pois, ainda sendo tu um pedacinho de nada, o nada existe, embora ninguém o explique. Não há eu em si. Quando um homem diz eu, quer dizer ou um ou outro, tu ou isto. Em todo homem há um espectador e um ator, um que fala e outro que responde".

Ao ouvir tais palavras, como que um véu rasgou-se em meu espírito. Não sentia mais meu corpo, as fronteiras entre mim e o mundo desapareciam, tudo se correspondia. Então a música, tantas vezes ouvida, soou de novo, triste e plangente. Não havia dúvida de que era a mesma, mas surgia de um modo diferente, como se não houvesse instrumento musical produzindo os sons fora de mim, e como se eu mesmo, o ouvinte, já não existisse. Ao contrário das outras vezes, as notas não emergiam do fundo do rio; eram os mesmos gritos, os mesmos urros, os mesmos gemidos, mas vibravam com tanta força que penetravam o meu corpo como setas de luz, como se a música se encarnasse em mim. E um prodígio, ainda mais bizarro, aconteceu.

Como se só agora tivesse olhos para ver, de repente vi o teto da cabana sobre a minha cabeça, o que me trouxe indescritível sensação de alívio, pois pensei: "Depois do pesadelo, volto à realidade". Mas a minha alegria durou pouco, pois olhava para os lados e nada podia ver. Compreendi que eu estava deitado dentro de um caixão, com as mãos amarradas sobre o ventre e coberto de flores, só podendo enxergar, dessa posição, a cobertura da cabana, já que as paredes laterais do esquife tapavam-me a visão de qualquer coisa. Em meio ao bater do meu coração, que parecia pulsar cavernoso no centro do mundo, ouvia a mulher e um homem conversarem a respeito do marido que havia morrido, mas a mulher não tinha a voz contristada de quem perdeu um ente querido; ao contrário, falava alegremente com o estranho, que lhe correspondia com acentos íntimos.

Ergui-me com dificuldade e, depois de um tempo considerável, como se uma força desconhecida me tolhesse os movimentos, assentei-me no caixão. Das flores que se esfarelaram com o meu deslocamento desprendeu-se um perfume que as minhas narinas não conseguiam captar, mas, pelos halos diáfanos que emanavam, sabia que era entontecedor.

– Que perfume delicioso! – exclamou a mulher.

– Certamente se desprende de ti, minha rainha! – disse o estranho.

– Bondade tua, querido, pois já não sou tão jovem como quando me viste pela primeira vez.

– Divertidos tempos aqueles, quando me escondia do teu marido para estar contigo.

– Pois ele se foi, e estamos livres.

– Mas ainda precisamos enterrá-lo.

– Não tenhamos pressa, os mortos não voltam.

Tudo isso eu ouvia e era incrível como não me sentia atingido. Amor, ódio, ciúme e outras palavras do vocabulário humano pareciam ter perdido qualquer sentido. Tive a convicção de que, naquele momento, eu seria capaz de fazer coisas antes inimagináveis, como, por exemplo, sacrificar a minha vida por algo aparentemente inútil, ou, sem nenhum motivo, com a impassibilidade dos anjos, eliminar uma vida preciosa. Via com indiferença a aparente felicidade da mulher ao lado do estranho.

"Melhor assim", pensei, pressentindo que a mínima emoção podia levar-me a um ato extremo. "Nada sentir, será isso evoluir ou deixar de ser humano?".

– Nada sentes, morto estás, agora sabes – disse-me uma voz, que reconheci ser da mulher, embora até então ela continuasse como que evitando mostrar-me o seu rosto.

Sentado no esquife, eu olhava para o estranho com curiosidade, sentimento humano que não havia me abandonado, mas não conseguia resgatar qualquer coisa, mínima que fosse, do passado. Olhava para o homem e tinha certeza de que o conhecia, mas de quando e de onde?

– Tu és um homem sem lembranças! – disse-me a figura.

Com efeito, o tempo parecia suspenso e sentia-me num presente elástico e infinito, sem idéia de passado nem futuro. Angústia imensa, indescritível, apoderou-se novamente de mim, com uma agravante: nem a morte, com o alívio que ela representa, eu podia desejar, pois já não duvidava de que estivesse morto.

Oh, senhor, nunca queira sentir essa angústia do espírito! Como quem busca uma palavra que repentinamente fugiu da memória, assim eu, desesperadamente, buscava o meu passado, um passado certamente obscuro, preenchido de melancolia e ódio, mas que dera um sentido à minha existência, sem o qual me sentia perdido.

– A história real e a que te contaram eram insensatas. Para que lembrá-las? – perguntou-me a mesura de homem.

– Eu sei que o passado me fazia sofrer, mas, o que era insensato na história, será agora, num eterno presente, uma verdade profunda da livre imaginação – respondi.

– Vã ilusão, meu caro. A história não passa de uma invenção dos vencedores; e a imaginação, por sua vez, converte-se em deformação, engodo, miragem na mente dos perdedores, por isso trago-a presa comigo, para que não te faça sofrer mais.

E então, senhor, como se um raio rasgasse a noite do meu ser, vi materializar-se o que até então não passara de uma idéia: o ente que estava diante de mim não era um nem dois, mas uma infinidade de seres que se superpunham numa única pessoa: o domador de mentes. Este me convertera numa criatura opaca e sem vontade, indiferente à veracidade e à honra, e insensível às paixões.

– Agora sei quem és – disse eu à figura, que imediatamente retrucou:

– Dirias melhor se dissesses *quem somos,* pois eu e tu estamos um dentro do outro. Não vês?

– Já que me roubaste a alma, devolve-me pelo menos a imaginação – implorei.

– Em teu lugar, jamais faria esse pedido, pois a imaginação é para o homem como um rio ao qual afluem todos os sofrimentos.

– Mas, se me tiras a imaginação, deixo de ser homem!

– Está bem, já que insistes, ei-la, mas hás de te arrepender.

E, imediatamente, senhor, a figura desapareceu, ficando apenas a mulher na minha presença.

"Pronto, o pesadelo acabou", pensei, mas isso não me deixou mais aliviado, pois logo percebi que eu continuava sentado no esquife.

– O que faço aqui? – perguntei à mulher.

Antes de responder, a mulher finalmente mostrou-me o seu rosto. Levei novo susto. O rosto da mulher parecia incrivelmente envelhecido.

– O que houve contigo, mulher?

– Comigo? Em que sentido?

– É que estás muito diferente.

– Ah, então ainda não sabes?

– Do quê?

– Faz muitos anos que tu morreste!

Imagine, senhor, ouvir uma coisa dessas e sentir que o absurdo aconteceu: o domador de mentes havia nos transformado em fantasmas, e o pior de tudo é que achávamos isso muito natural.

– Não é um alívio, marido, saber que não há mais horas, nem meses, nem anos, e que não há futuro pra gente como nós? – disse a mulher, sem movimentar a boca.

Foi com muita dificuldade que me levantei do esquife e fui até à porta da cabana, de onde, sob um luar demasiadamente pálido, avistei, lá fora, o menino que choramingava, o cão ao seu lado. Dentro da cabana, a mulher cantava a canção tantas vezes ouvida. Triste era a canção, muito triste.

"Tudo voltará a ser como antes", pensei, descrendo porém desse pensamento.

– Papai, mamãe disse que tu tinhas morrido, mas eu sabia que só estavas dormindo – disse-me o menino, correndo na minha direção.

– Vem cá, filhinho – disse-lhe, abraçando-o.

– Papai acordou! Papai acordou! – gritou o menino, virando-se para a mulher.

– Sim, ele voltou e nunca mais vai embora – disse ela, com o rosto compadecido.

– Amo-te tanto, papai, que nem sei explicar. Enquanto dormias, ficava ao teu lado. "Vai dormir, menino! Deixa teu pai em paz!", ralhava mamãe. Eu ia, mas antes te pedia: "Papai, entra no meu sonho!". Mas tu não entravas. Sentindo-me sozinho, pensava: "E se a porta do sonho se fechar e eu não puder mais voltar?". Mas eu voltava. Então te pedia: "Papai, abre a porta do teu sonho pra mim?". Mas tu não abrias. Ficavas deitado, olhando pro teto da cabana, calado, apenas ouvindo. Vendo-me chorar, mamãe consolava: "Não chora, menino. Teu pai não está mais aqui; lá no céu nos aguarda". Mas tu estás aqui, não é, papai? Nunca mais me deixas sozinho, tenho medo do escuro! Se caíres no sono outra vez, me leva contigo?

Oh, que sofrimento de espírito! Ouvir as palavras de alguém, entender e se emocionar com o que ele diz, mas não poder expressar o que está sentindo! O senhor, que veio até este ermo e me escuta com tanta atenção, sabe do que estou falando. Pois me diga: O que eu devia dizer ao menino?

– Filhinho, sonho de papai ficou mau, virou pesadelo – acabei dizendo.

Em seguida, eu, a mulher e o menino, e também o cão – pois, onde estiver o homem, lá estará o danado – viemos para a beira do rio, e aqui, neste mesmo lugar, nos sentamos, bem juntinhos, e ficamos por muito tempo a mirar as estrelas, que, em seu infinito silêncio, olhavam pra nós lá do fundo...

E o homem, que havia contado os seus infortúnios durante uma noite que parecia nunca ter fim, de repente se calou. Por um instante devo ter cochilado, pois, quando o procurei com os olhos, havia desaparecido.

Posfácio

O SONHO E O DESPERTAR DO SONHO

Por Dirce Lorimier Fernandes*

O já consagrado escritor paraense Nicodemos Sena emerge novamente do mundo encantado da criação com uma obra instigante a exigir de seu público um olhar arguto, sensibilidade e conhecimento. As 121 páginas que abrigam a narrativa de *A mulher, o homem e o cão* (seu terceiro romance) vão criando formas na medida em que o leitor apreende as imagens, os símbolos, o emaranhado de dogmas e crenças permeando diálogos, monólogos ou reminiscências.

Carlos Nejar, na epígrafe do livro, fornece a chave do mistério: "Ao peso do sono, o homem vem à tona...". Este pensamento é, de certa forma, o universo da obra: o sonho, o despertar do sonho e a realidade.

A mulher, o homem e o cão é uma obra em que as personagens são identificadas pela sua espécie e gênero; sem nomes próprios, as personagens nos reportam à intenção de Graciliano Ramos quando nega nomes aos meninos de Fabiano e Sinhá Vitória. Percebe-se imediatamente que não se trata da história específica de alguém, mas da justaposição das mais variadas crenças e desejos inconfessáveis dominando e se concretizando no viver das pessoas em contato com a natureza. Seres universais, portanto.

Sentados à beira do rio... (Qual rio? Qualquer rio que corra manso, como a vida dos ribeirinhos). O homem "vem à tona" e permeia as páginas do livro, conduzindo o leitor a um mundo de formas complexas, remetendo-o aos dogmas do cristianismo, ora católicos, ora não-católicos... Depara misticismo, encantamentos; as miragens e alucinações não têm a natural inocência dos nativos, são influenciados pela ditadura de trechos bíblicos, pela voz que clama no deserto e parte de lugar nenhum, no livro, às vezes na "solidão" da mata, às vezes do fundo do rio, nas suas margens; parte de lugar nenhum, mas ecoa com tanta força persuasiva que faz lembrar a cega obediência de Abraão ao tomar a iniciativa de levar o próprio filho ao sacrifício para provar seu amor ao Deus, cuja voz o conduzira a tal feito. Assim, o fantástico e o inverossímil circulam na obra toda, ora na produção de diálogos simples, ora em conjecturas profundas, ora em diálogos mais filosófico-religiosos.

O leitor precisa emprestar das fadas a sua varinha mágica, ou a vassoura da bruxa, ou o bastão dos profetas, ora para adentrar mistérios, ora para enfrentar a imortalidade dos deuses, tidos como superados, mas que a obra ressuscita, ora para recuperar os desígnios a que deve estar submetido o homem, conforme a literatura religiosa. Os elementos encantatórios que ambulam no imaginário das personagens ostentam essências das divindades gregas. Tal como os deuses do universo helênico, "a mulher" personagem tem relações amorosas com o misterioso ser que a persegue, uma "tentação", o "coisa ruim", no sentido bíblico, sempre presente nas obras de nossos melhores escritores que se deixaram arrastar pelos sertões ou pelos *grandes sertões veredas* desta terra agreste, mas edificante.

O bem e o mal disputam a opção da "mulher" quanto a usufruir *o amor* que o provável Demônio lhe oferece ou manter-se fiel ao compromisso conjugal com o "homem" que a tem como mulher. Só este detém o poder sobre os seus desejos, naquele solitário mundo contaminado pelo Deus implacável, em matéria de dogma. Ei-la então deslocada de seus dias iguais à mercê de um novo desejo... Fidelidade, compromisso conjugal conflitam com o desejo de submeter-se aos desejos daquela "coisa" monstro de sete cabeças que a cativa, causa admiração e finalmente a subjuga sempre que brada das águas e a leva para as suas profundezas ou a possui no próprio leito junto ao marido.

Vêm as alucinações. Permeia esse conflito erótico-religioso-conjugal o menino, ora menino-passarinho ora passarinho-menino sempre a lembrar a perda, a força implacável da morte e seus mistérios em cenários que lembram de forma insistente a Amazônia, o próprio berço do autor, onde a instigante crença popular animiza os mortos e o homem passa pelo processo de zoomorfismo. Parafraseando Oliveira Martins, "o mito que nasce nas trevas do som se esvai no fumo de uma quimera metafísica herdada da religião" que à força penetrou o imaginário do caboclo, mas não conseguiu sufocar a crença ditada pelos enigmas da natureza. A morte, para o caboclo, é um caso fortuito, não é natural, é a ação de algum feitiço ou de algum espírito; com a imposição de novas crenças, a morte toma novos contornos, às vezes é almejada, conforme o monólogo que "o homem" personagem de Nicodemos trava (páginas 124-126) em face da presença do homem-cachorro, ou lobisomem, à sua frente, a conjecturar o que tem sido a sua vida, para concluir: "Desgraçado é o que eu sou, peço a morte e ela não vem. Que ventura seria recolher-me à sepultura". Neste momento, esse "homem" é universal, é uma representação de qualquer ser capaz de filosofar a respeito da inutilidade da existência. Este já é um homem metamorfoseado por crenças judaico-cristãs, desgarrado de sua outrora fantástica crença ditada pelo mundo que cercava os viventes onde, inicialmente, "Deus", ou "Jeová", ou "Eli," ou Alá não existiam.

Por outro lado, percebemos aí a entronização do homem lobo, um produto do endemoninhado imaginário europeu, originado no século XII, quando, devido a intempéries, pestes e conseqüente miséria, o lobo passa a pertencer ao universo do maligno. A presença do lobo implicava penúria, outrora freqüente na zona rural. Era tido como um animal misterioso, maligno, porque vivia nos bosques e descia para as propriedades dizimando plantações e devorando o rebanho. Nas representações conscientes, o lobo era um animal sanguinário, inimigo dos homens. Em 1114, o sínodo de Santiago de Compostela determinou que, em todo sábado, exceto nas vésperas da Páscoa e de Pentecostes, os fiéis deveriam sair à caça ao lobo. Nos finais do século XVI e início do século XVII os demonólogos franceses condenavam supostos feiticeiros praticantes de canibalismo. Nesse imaginário, homens, por graça e ordem do Diabo, transformavam-se em lobos, agindo como devastadores canibais. O lobo era um animal satânico, pensavam. Esse imaginário deu ensejo à criação do "lobisomem", (*loup-garou*) de origem germânica. O termo ganhou *status* de injúria e, a partir daí, ainda no final do século XVII, no Luxemburgo, o chamar alguém de "lobisomem" era causa de reparação pública.

Os "lobisomens" atacavam de preferência as mulheres grávidas e as crianças, estando estas longe do olhar paterno.

O cristianismo transportou para a América a estreita relação entre o medo e a religião. Assim, o Lobo Mau, devorador de vovó indefesa e de Chapeuzinho Vermelho desobediente, ao povoar as nossas florestas, escondeu-se nas páginas de "A mulher, o homem e o cão." Nesta obra, ele seduz, camuflando-se nas mais variadas formas: como um monstro cabalístico ou um ente sedutor; com tais artifícios, põe-se a envolver sensorialmente uma cabocla esquecida nas veredas das verdes e molhadas terras amazônicas, ambiente propício para todas as formas de encantamentos; "a mulher" vai, então, sendo induzida a desviar-se da rota de vida que lhe fora traçada, um misto de responsabilidades, enquanto nativa, fruto da terra, e ser cristianizado que se persigna, cercada do simbolismo da mensagem da pureza (como a pomba, na página 31), da missão da mulher e sua pequenez ante seu homem. Suas obrigações domésticas, maternas, e o bem e o mal se instalam em seu coração (p. 35).

A "mulher" sente-se nua, como Eva expulsa do paraíso, sente pudor (ou malícia) e sobre ela recai o olhar do Gênesis, dos apóstolos, dos anjos, e o Diabo também ali está. Passa por crises de inconsciência, êxtase, começa a comunicar-se com entidades sobrenaturais que a puxam para o fundo do rio, ao encontro de entidades mortas/vivas naquele plano obscuro para ela, convidada a compreender o destino da alma humana após a morte.

Lobo, homem-lobo, morte, sons, perfumes, mistérios cercam as personagens, dando ensejo à ampliação do medo, medo da vida, medo da morte. A História tem demonstrado que, um e outro, o homem cristão, ou não, temem o desconhecido. No caso do personagem de Nicodemos Sena, esse desconhecido é produto da escuridão que envolve os mistérios e o silêncio amazônico cortado por estridentes enigmas. Solidão? Morte? Todos estão mortos e neste momento da obra a alma do "homem" também está morta. E alma morta é indício de apagamento, de nenhuma possibilidade de retorno, de vida... A indigência e a miséria em que se encontra o personagem eliminam a sua coragem; embrutecem sua alma, acomodando-o ao sofrimento, tornando-o escravo de um ser meio homem, meio cachorro, que é também o cão que fugira misteriosamente de seu mundo e agora o convida a imergir ao fundo do rio, onde a mulher, o homem e o menino seriam "felizes de novo".

"O homem" fora realmente feliz algum dia? O hipotético diálogo travado entre "a coisa", homem-cachorro, ser misterioso, "o domador de mentes" é interrompido pelo avanço das canoas, a cuja construção "o homem" de há muito vinha se dedicando, atendendo a uma encomenda feita por alguém cuja feição ele já não se lembrava. Ali tudo sofre o processo de apagamento.

Neste momento de clímax da obra, o "homem" vai identificando nos olhos da serpente que ocupa cada canoa "os atributos típicos do homem, como a falsa inocência, a hipócrita humildade, a beatífica mentira, a fingida amizade, a afetada sapiência, a forçada bonomia, a dissimulada vaidade, a camuflada inveja e a vingança...". O narrador evoca personagens imortalizadas pelos caracteres aí referidos. Vemos, então, ressuscitar o homem que ateou fogo em Roma, aquele que mandou matar criancinhas; aqueles que mandaram queimar hereges para salvar suas almas, o outro que tentou apagar da terra o povo de Israel ou os não-germânicos, enfim a eternidade se agiganta emergindo do passado, ameaçando o futuro. A erudição da obra não tem fim.

Destaca-se também nesta obra a sucessão de espelhos: um se enxergando no outro e a si próprio. Todos seriam iguais? O apelo à imagem é uma constante na obra e a metáfora do espelho é a mimese capaz de identificar, transformar e multiplicar as angústias do homem; o espelho reflete o "bem" e o "mal", o "certo" e o "errado" aproximando-os para ganhar semelhança.

Recorrendo à estética barroca, em que a temática do espelho é um complexo jogo de espelhos, esta obra apresenta faces contrastivas da realidade, num movimento constante. Alternando seu campo de visão ora de fora para dentro, ora de dentro para fora, o narrador procura penetrar o segredo das pessoas e das coisas; busca o lado profundo da alma e das paixões onde se ocultam a dramaticidade da história e da vida humana naquela sociedade singular; uma sociedade perturbada pelo imaginário mítico da *patologia judeu-cristã*, em que, dentre outras coisas, da rebeldia do anjo destronado (Lúcifer), resultou a busca da reparação ou *religio* que deriva de *religare* e indica o vínculo de piedade que une os seres humanos a Deus, no mundo ocidental. E isto implica medo.

Assim, Vieira, autor barroco, no Sermão do *Demônio Mudo*, considera que a legião de demônios de que falavam as Sagradas Escrituras teria nascido de uma multiplicação de espelhos. Lembra, neste sermão, que "Seneca (sic) com toda a severidade estoica (sic) diz que os espelhos (em que os primeiros homens encontravam com a sua imagem em qualquer pedra lisa) foram ordenados desde seu principio pela natureza, como mãe e mestra dos bons costumes, para que o moço que nasceu bem afigurado, vendo no espelho a sua gentileza, a não afeiasse com os vícios: e o que nasceu feio, suprisse e emendasse aquele defeito com a formosura das virtudes", pois o Demônio do espelho ordena e reordena, compõe e recompõe a realidade "como mais lhe serve, pinta e representa interiormente à nossa imaginação, o que mais pode inclinar, afeiçoar e atrair o apetite. E deste modo nos tenta, mudamente nos persuade e mudamente nos engana", tal como o que resultou por aproximar-se de Eva que, persuadida, rendeu-se à astúcia da serpente ou, ao silêncio do espelho mudo, cuja ressonância fora como se estivesse falando.

Neste sentido, a figura de Narciso, morta de inanição ao se apaixonar da sua própria imagem e tantas vezes lembrada na literatura e nas artes plásticas do Barroco, e muito tempo depois, para meditar sobre a fugacidade das coisas e dos seres mais *hiperbolicamente* belos, mais ricos de cor e graça, em tal circunstância, relativa à história da deusa Palas. Também esta viu a sua imagem na água de um ribeiro e, comprovando que a flauta pastoril que tocava descompunha a harmonia das suas feições, lançou-a longe de si.

Citando ainda o Padre António Vieira (no Sermão da *Sexagésima*), "para um homem se ver a si mesmo são necessárias três coisas: olhos, espelho e luz... Que coisa é a conversa de uma alma senão entrar um homem dentro de si e ver a si mesmo?". Para Vieira, o espelho é a doutrina, a luz é Deus e os olhos são o conhecimento. E é justamente a esta conclusão que chega o personagem de Nicodemos Sena, quando "um véu" se rasga em seu espírito e ele retorna à realidade, não sem algumas dificuldades, buscando o seu passado, obscuro, melancólico, pleno de ódio, a sua realidade, única a dar sentido à sua vida. Entretanto, ali está ainda o "domador de mentes" a persuadi-lo do contrário. Ao recobrar finalmente a imaginação, a realidade descortina a sua existência, cuja sucessão de dias iguais não lhe oferece futuro. "O homem" abrira a porta do sonho e agora todos poderiam entrar nele para encontrar apenas um profundo pesadelo.

O contador de "causo" desapareceu e eis "o homem, a mulher e o menino, e também o cão" sentados à beira do rio cobertos pelo manto iluminado da natureza, único aparato que verdadeiramente ilumina o âmago do caboclo. Tykhe, deusa do acaso e da coincidência, e Anouk, deus da necessidade, ali estiveram encarnados a encantar aqueles seres condenados a viver nas bordas do rio, condenados ao belo, ao misticismo e à liberdade e também condenados ao convívio com os mistérios da floresta, em cujos galhos se enroscam uma infinidade de serpentes enigmáticas. Tal como os crentes nos deuses gregos, que são muitos, porque são muitas as necessidades humanas, aquelas quatro criaturas, ali tão solitárias, sempre perturbadas pelos enigmas da religião, permaneceriam submetidas aos elementos encantatórios e, infelizmente, aos obscuros propósitos de invasores indesejáveis e cada vez mais numerosos e mal intencionados.

---

* Dirce Lorimier Fernandes é doutora em História Social, pela Universidade de São Paulo (USP), membro da Diretoria da Associação Paulista de Críticos de Artes (APCA) e autora, entre outros, de *A Literatura Infantil* (Ed.Loyola, 2003) e *A Inquisição na América* (Arké, 2004).

ACERCA DE *A MULHER, O HOMEM E O CÃO*

Caro leitor,

Oxalá não tenhas interpretado apenas como fantásticos e excepcionais os acontecimentos narrados neste livro – bichos que falam, homens que se metamorfoseiam em plantas e animais, cidades submersas, gente que emerge das águas, seres insepultos, sentimentos personificados... A essência do real não se encontra na visão estereotipada dos fenômenos; ao contrário, um sonho extraordinário pode se converter na realidade mais nítida e bruscamente desenhada.

A mulher, o homem e o cão é um romance impregnado pelos textos sagrados, mas não o tomes como manual de escatologia ou de batalha espiritual. Para escrevê-lo, conheci as lições da alquimia, sondei livros de caça às bruxas e de bruxarias, perquiri os símbolos da mitologia, e nem por isso me atribuo a condição de guru – de embusteiros já anda cheio o mundo. Também não escrevo para "iniciados". Afora o Altíssimo, cuja face homem algum pôde ver, desgostam-me as coisas ocultas.

Leitor amigo, sou apenas um escritor que exige de si o que sabe que não poderá fazer, pois não é outro o caminho da beleza. Ao descrever a maneira soez com que o diabo tentou a mulher, não tive o propósito de agravar-lhe o estigma ou escandalizar o leitor cristão. Pretendi fazer uma obra de ficção que envolvesse a imaginação numa experiência de suspensão e descrença, pois me interessa tanto a onipotência de Deus quanto a fragilidade do humano. Entre a memória e o esquecimento (dilema da alma que anseia por descanso), tentei penetrar no pesadelo dos que tudo tinham e tudo perderam – a fartura, o sossego, a alegria, a auto-estima, a coragem, o nome, a fala... até a alma lhes foi roubada.

Como deves ter percebido, o tempo, neste livro, é o que menos importa, pois, no âmago do ser, nas regiões sombrias do profundo abandono, onde a alma se debate entre o ser e o nada, não existem ponteiros. Da história, entretanto, ninguém escapa, encontra-se talhada nas pedras, calcada nas árvores, delineada na terra, submersa nas águas. Para compreendê-la, basta encostar os ouvidos no chão e escutar, com atenção, as legendas remotas, os mitos eternos, as vozes subterrâneas, como faziam os nossos antepassados.

No romance que acabas de ler, mais do que descrever a maneira como o homem enxerga, ouve, apalpa, cheira, fala, se veste ou se alimenta, procurei expressar o *pensamento silencioso* de uma gente que, de tão defraudada e humilhada, de tanto clamar sem obter resposta, recolheu-se como *a noite dentro de um caroço*, onde já não há passado nem futuro, esperanças nem decepções, só o angustioso presente, imóvel e contínuo.

Desconfiança, solilóquio, monólogo interior... assim compus este livro. Afastado de tudo e de todos, no meio hostil ao qual fui transplantado, regressei ao *centro* do mundo, este não-lugar ao mesmo tempo de maravilhas e pavor, onde me senti de novo a criança que olhava para as árvores imensas que lá em cima formavam a cobertura catedralesca da selva, e ficava muda, pois não havia ninguém a quem pudesse comunicar o seu assombro, ou o jovem que, anos mais tarde, já em São Paulo, encolhido num porão escuro e mal-cheiroso, junto com baratas, pulgas e ratazanas, se refugiava da violência que explodia lá fora, entre a "fauna" das ruas. Tristeza, desamparo, temor.... Desejo de cair no sono e nunca mais acordar. Receio maior de encontrar dentro do sono o pesadelo que estava vivendo, pois os dias e as noites se confundiam e sequer podia sonhar com o que já passou; o passado não lhe servia, não havia coisa alegre para lembrar.

Para ficar tão sozinho e não enlouquecer, tive de aprender a pensar em silêncio, falar em voz baixa, contar histórias para mim mesmo e para os outros seres visíveis e invisíveis que cruzaram o meu caminho. E o livro, sobre criaturas que se recolheram para dentro de si mesmas e daí jamais saíram, foi enfim escrito. Mas um outro livro, impossível, sobre como se escreveu o livro dos seres esquecidos, precisa ser um dia pelo menos tentado.

Por ora, basta dizer que a selva, onde vivem as personagens (e onde eu nasci), é, no livro que acabaste de ler, apenas a metáfora de todas as solidões terrenas.

Nicodemos Sena
Janeiro de 2009

Esta obra foi impressa pela Gráfica EME, Av. Brig. Faria Lima, 1080, V. Fátima
Capivari-SP, para a Associação Cultural LetraSelvagem em março de 2009